無力な天使たち

Des Anges mineurs

アントワーヌ・ヴォロディーヌ
Antoine Volodine
門間広明・山本純訳

国書刊行会

全面的にポスト＝エグゾティシズム的なテクストを、私は物語《ナラ》と名づける。私が物語《ナラ》と呼ぶのは、ある状況や感情、記憶と現実および空想と回想のあいだの葛藤を定着させるロマネスクなスナップショットのことである。この詩的シークエンスを出発点として、行為の実演者にとっても読者にとっても、あらゆる夢想が可能となる。以下に読まれるのは、四十九個のそのような散文的瞬間である。人はそのそれぞれに、少しばかり細工が施された写真のように、天使が残した痕跡を見出すことができる。そこでは天使たちは無力で、登場人物たちにいかなる救済ももたらさない。組み立てられた四十九個のイメージの上に、愛すべき貧者や動物たち、そして何人かの不死の老婆たちがさすらいの途上で立ち止まる、そのようなイメージを私は物語《ナラ》と呼ぶ。不死の老婆たちのうち、少なくとも一人は私の祖母だった。なぜなら物語《ナラ》とは、私が記憶している人々、私の愛する人々が、どうにかこうにか生き延びてゆくためのささやかな亡命地でもあるからだ。短い音楽的作品を、私は物語《ナラ》と呼ぶ。その主たる存在理由は音楽そのものである。しかしそれはまた、私の愛する人々が、虚無へと向かう旅を再開する前に一瞬だけ休息することができる、そのような場所でもある。

A. V.

目次

一つの物語《ナラ》につき一人ずつ、四十九人の無力な天使が我々の記憶を通り過ぎた。以下がそのリストである。

無力な天使たち

1　エンゾ・マルディロシアン

本当のことを見ぬふりをしても無駄なことだ。私はもう以前のようには反応できない。いまではちゃんと泣くこともできない。どこでも同じことだが、私の中でも何かが変化したのだ。通りからは人が消え、都市にはもうほとんど誰もいない。まして田舎や森にはもっと誰もいない。空は昔より明るくなったが、煤けた色のままだ。巨大な死体置場からやってくる悪臭は、何年も吹きやまない風で薄められた。依然として私を悲しませる光景があり、そうではない光景がある。私を悲しませる死があり、そうではない死がある。私はいまにも泣き出しそうなのに、涙は出てこない。

涙の修理屋のところに行かなければならない。

寂しい夕暮れ時には、私は割れた窓ガラスの前にかがみこむ。それは鏡としては不完全で、くすんだ像を返してくる。わずかな塩水のせいで、その像はさらに不鮮明になる。私は窓ガラスと自分の目をぬぐう。ほとんどまん丸な自分の顔が見える。これまで生き延びてきたせいでボール紙の仮面のようになった顔だ。そこに、これもなぜか生き延びてきた前髪がかかっている。自分の顔を真正面から見つめることに、私はもうほとんど耐えられない。だから後ろを向いて、暗い部屋の中にあるこまごましたものに目を向ける。いくつかの家具がある。今日の午後、君のことを考えながらぼんやり過ごしたソファ。洋服入れに使っているスーツケース。壁に吊してあるかばん。蠟燭。夏には外の暗闇が透き通ることがある。そうしたときには、瓦礫が遠くまで広がっているのが見える。一時期、人々はそこで作物を栽培しようとした。しかし、ライ麦は退化してしまったし、りんごの木は三年ごとに花を咲かせるが、実るのは灰色のりんごである。

私はいつも修理屋のところに行くのを先延ばしにしてしまう。修理屋はエンゾ・マルディロシアンという名の男だ。彼はここから六十キロ離れた、かつて化学工場が建ち並んでいた地区に住んでいる。彼が孤独であり、絶望していることを、私は知っている。彼は予想もつかないことをしでかす男だと評判だ。たしかに、絶望している人間というのは大抵は危険なやつだ。

とはいえ、旅の支度をしなければならない。かばんの中に食料や塩素よけのお札をつめなければならない。それに、エンゾ・マルディロシアンの前で泣くために必要なものだ。彼は頭が変になっているかもしれないが、そんなことは関係ない。彼と一緒に変になって、肩を並べて泣けばよいのだ。ベッラ・マルディロシアンの写真を持っていってやろう。いまも私の心を離れないベッラの思い出を、我々二人のために呼び起こしてやろう。それから涙の修理屋のあいつに、この地区の特産品、ガラスの破片と灰色のりんごを持っていってやろう。

2　フレッド・ゼンフル

フレッド・ゼンフルは、周囲の人々のあいだで、いくばくかの名声に浴すこともできたはずだ。彼は収容所の生き残りだったし、それにもの書きだったからである。しかし、周囲の人々などもはや誰もいなかったし、何部も印刷され題名が書かれた表紙さえついていた、彼の作品の中でも特別な位置を占める『最後の七歌曲 *Die Sieben Letzte Lieder*』以外は、彼の本はほとんど本の名に値しなかった。実のところ、この『最後の七歌曲』もひどい代物だったのだが。

フレッド・ゼンフルによって書かれた物語は、何よりも人類の破滅について考察するものであり、また個人としての彼自身の破滅についても語っていた。したがって、そこには多くの人々の興味を引きうる題材があった。ところがフレッド・ゼンフルは、自分の潜在的な読者たちと真の意味で心を通じ合わせるための文学様式を見つけられなかった。彼はやる気をなくしてしまい、計画を完遂することができなかった。

　結末を欠いたフレッド・ゼンフルの物語の一つは次のようにはじまる。

　私は死を前に膝を屈しはしない。死がやってきたらだんまりを決めこんで、その近寄ってきた淫売にいかなる真実味も認めはしない。私にとって死の脅威など取るに足りない。私は死の現実性を信じない。私は生前いつもそうしていたように、たとえば自分は夢を見ているのではない、悪夢のなかに閉じこめられてなどいないと考えるときのように、大きく目を見開いたままでいるだろう。私の同意なしに私のまぶたを閉じさせはしない。私の同意なしに目に映る映像を中断させはしない。私の意識はこの否定へと固定される。私は来世や復活についてくだらないことをくどくど述べてエネルギーを無駄遣いしたりしない。私は自説に固執する。その説によれば、破滅とはこれまで信頼しうるいかなる証言によっても内部から記述されたことのない現象であり、したがってすべてが、破滅とは観察しえないものであり純然たるフィクションであることを証明している。私は断固として、死という仮説を無根拠なものとして否定する。

　私は死へと向かう線路の上に立つだろう。肩と顎をこわばらせ、急行列車がレールをきしませて近づいてくる音を聞きながら。そして列車が間近に迫っているなんてありえないと何度も何度も否定しながら。しかし、状況が暗転したときのために、こんなふうに記した紙切れを手に握りしめていることを、私は隠しはしない。「何が起ころうとも、私の人生の責任を誰かに負わせてはならない」と。

3　ソフィー・ジロンド

　その夜も二十二年前と同じように、ソフィー・ジロンドの夢を見た。彼女は私の性格にも能力にもまるで見合わない冒険へと私を引き入れた。つまり、我々は大型船の中甲板で白熊たちの出産を手伝ったのである。それは早朝のことで、凪いだ海の上でエンジンが止まっていたのか、それとも港に停泊していたのか、ともかく船は動いていなかった。我々のいた場所には日光はほとんど届かなかった。電灯はつかず、換気扇も動かなかった。血のにおいが厚い雲のように通路をただよい、獣のにおいと混じり合っていた。我々はすでに爪で引き裂かれていたシートを床に広げた。スペースが足りなかった。熊たちの前足が金属の壁にぶつかるにぶい音、爪がきしる音、鼻を鳴らす音、息づかいの音などが聞こえた。白熊たちは暴れていた。その鳴き声は私には凶暴に感じられたが、ソフィー・ジロンドは平然としていた。彼女は私よりもこうした状況に慣れていたし、おそらく儀式とか生命の誕生といったことに、私ほどは感動していなかった。船員は一人も手伝いに来なかった。熊たちの気を紛らわせおとなしくさせるため、あるいはただ見物するためにさえ、誰も現れなかった。しかし我々としては、誰かがいてくれた方がありがたかった。そうすれば、動物小屋に閉じこめられ外との接触を失ってしまったような感覚を抱かずに済んだだろう。

雌の白熊が三頭いた。そのうち一頭は這って八八六号室の前まで行き、そこに倒れこんだ。そして、ドアに脇腹を押しつけ、一匹だけの自分の子供を舐めていた。その愛情あふれる気遣いは我々を安心させた。他の二頭は巨大で、体重が一トンあり、次から次へと子を産んだ。ソフィー・ジロンドは熊の尻やべとつく足のあいだに手を突っこみ、次いで引っこ抜いた。子熊の世話は私の役目だった。この小動物たちは醜く、嫌なにおいの液体にまみれていて、しわくちゃで、ほとんど目が見えなかったし、ほとんど動かなかった。私は小熊たちをシートの上に横たえ、慎重に一頭一頭の臍の緒を切った。赤ちゃん熊を急いで親熊の鼻先に近づけ、舌とよだれにさらしてやる必要があったし、その後は押しつぶされたり嚙まれたりしないよう気をつける必要もあった。私はこうした作業をしぶしぶ行っていた。私はそれまで産科医の仕事の経験などなかった。親熊たちはうなったり吠えたりし、あちこちで激しく身をよじっていた。宙に向かってパンチを繰り出し、巨大な手を金属の壁にぶつけて塗装を剝ぎ取っては、また何度もぶつけていた。こうした熊たちの動きによって、防水シートの表面はめちゃくちゃになり、我々はつまずきそうになった。ソフィー・ジロンドは、たまに自分が手伝っている熊にひっくり返された。そうした場合、私は大急ぎで、彼女を窒息させようとしている巨大な肉塊と黄色っぽい体毛の下から彼女を引っぱり出さなければならなかった。彼女は何も言わずに起き上がると、中断したところから分娩の作業を再開した。いたるところに小熊がおり、後産で排出されたものやよだれや血が、水たまりをつくっていた。

我々は汚かった。汗で視界が曇っていた。空気を入れ換えるべきだったかもしれない。密閉された部屋の雰囲気、息をつまらせる獣の臭気が、全員の神経を参らせていた。最初の親熊は、もはや小熊のにおいを嗅いだり、毛づくろいをしたりしていなかった。その熊は赤ちゃん熊を部屋の片隅、シートの皺の中に放り出した。そして小便をし、いきなり全身で立ち上がった。うなりながら防火扉のあいだを歩き回り、たまに四つ足に戻っては、出産中の熊に顔をこすりつけたり、自分のではない赤ちゃんに舌先でちょっかいを出したりしていた。彼女は通路の狭い空間に君臨し、そこを行ったり来たりしていた。我々にとってはじゃまだった。

　私は最終的に、この我々の企てにはおかしなところがあると気がついた。二十二年前の前回と同じだった。ソフィー・ジロンドが私を共謀の試みに誘うときは、大抵そうなのだ。つまり、我々が一緒に体験しているこの現実を非現実的なものに変えている何かがあったのだ。我々が親熊の腹から取り出していた小熊の数のことだ。白熊の場合、一度に生まれる子供はふつう一匹か二匹であり、いずれにせよ三匹を超えることは決してない。ところが、我々の周囲にはすでに十四か十一匹、もしかすると——というのは、薄闇と混乱のため正確に数を数えることが困難だったからだが——十三、四匹の小熊がいた。さらに、ソフィー・ジロンドは三頭目の親熊に取りかかっていた。私はこの疑念を彼女に伝えた。なぜか私はもったいぶった言い回しで、ふだんは使わない語彙を用いて話した。シートという代わりに防水布という言葉を使ったし、子宮のことを語るときには遠慮がちな口調になった。彼女は横目で私の方をちらりと見たが、何も答えなかった。明らかに、彼女は私の実在を信じていなかった。私は首筋を熱い汗が流れ落ちるのを感じた。最初の親熊が私に近寄ってきて、私に覆いかぶさるように後ろ足で立ち、うなり声を上げた。

4　クリリ・ゴンポ

もうすぐ冬至になろうという頃、クリリ・ゴンポは初めて偵察の任務に出された。彼は何十年間も訓練してきたが、ついに行くことになったのだ。戻ってくるまでに三十秒の潜水時間が与えられていた。世界の状態を観察し、いまだにそこに住んでいる集団、およびその文化や未来に関する情報を収集するため、彼はその三十秒を自由に使うことができる。充分とはいえない時間だったが、労働条件としてはもっと劣悪なものもこれまでにはあったのだ。

　現地に着いた途端、クリリ・ゴンポの背中に何か硬いものが触れたが、それはドアだった。少し先にある標識が、アヌレ通りに着いたことを教えていた。その日の朝は、曇ってはいたが雨は降っていなかった。クリリ・ゴンポは移動のため、涙で曇っていた目をぬぐった。それに三秒かかった。彼は規定どおりに乞食坊主の服装をしていた。通りにはほとんど人通りがなかったので、誰かが彼に近寄ってきて、彼の顔や服装の異常さに気づいて叫び出すようなことはないだろうと判断した。それが一番つらいことなんだ、と彼は聞いていた。みんながお前の近くに集まってきて、お前の素性や目的を尋ね、大声でわめきはじめることがね、と。

彼は知らない家の戸口で小さくなっていた。白っぽい建物だった。小学校のようにも見えた。入り口の扉の後ろに、廊下と思われるがらんとした空間が見えた。彼はずらっと並んだコート掛けや赤いマフラー、さらには九時十五分を示している掛け時計を想像した。子供たちの声が聞こえた。女教師が単語と数字をいっせいに復唱させていた。金属製の定規が床に落ちた。生徒たちが笑った。

通りの反対側の歩道で一人の女が犬を散歩させていた。その犬は滑稽なほど太っていたが、自立心があるところを見せており、好感が持てた。女はその犬に話しかけていた。

犬は鼻をふんふんいわせ、壁の下を嗅ぎ回っていた。

「いつまで何やっているの？　何かにおうの？」と女は訊いた。

犬は答えなかった。彼は自分をひっぱる紐に抵抗し、ときには身をよじらせ、ときにはどっしりした番犬に変身しようとした。彼は鼻先で世界の神秘を探求し続けたいこと、そしてどんな神秘を探求するかは彼自身に選ぶ権利があることを、ありとあらゆる方法で主張していた。飼い主の女は、六十代の女性らしい優雅さを備えており、栗色のウールのコートの下にこっそり黒いスウェットスーツを着こむことで、その優雅さを際立たせていた。彼女は黄とオレンジの撚り紐になっているリードをぐいぐいひっぱった。犬は歩道に鼻面をこすりつけることが困難になったが、それでもしつこくそうしていた。女はふたたび紐をひっぱった。その瞬間、彼女の視線がゴンポの視線と交差し、次いで逸れた。

この時点で、すでに二十七秒が経過していた。クリリ・ゴンポは彼をふたたび吸い上げる装置が起動したことに気がついた。それは皮の首輪で首をしめつけられることほど屈辱的ではなかったが、苦痛はそれよりずっと大きかった。彼は顔をしかめた。飼い主の制御にもかかわらず、犬は相変わらず壁の下に頭を向けている。

「さあ、行くわよ！」と、女は急に苛立って言った。

彼女はふたたびゴンポをちらりと見た。彼女の声音が変わった。

「さあ、おいで！」と彼女はささやいた。「嗅ぐものなんて何もないのよ」

5　イズマイル・ドーキス

歴史家たちが最近の論文で断言することを信用するなら、ドーキスが発見されたのはある土曜日のことだった。五月二十五日土曜日、午前十一時前後のことである。

その前年、バルタザール・ブラヴォが指揮をとる探索隊が出発した。彼らは十一月の嵐がやって来る前にドーキスがいる場所に着こうとしたが、失敗に終わった。冷たい風が猛威をふるいはじめると、隊員たちは冬を越すためコルマタン通り十二番地まで退却した。そこには隊長の従姉妹が住んでおり、部屋を賃貸ししていた。隊員全員が不満も漏らさずその部屋にすし詰めになり、この不運にもかかわらず陽気にふるまっていた。ところが、物資の不足と雑居生活のため、雰囲気は早々に耐えがたいものとなった。暴風は昼夜を問わずうなりを上げた。それを聞いていると気が狂いそうになった。がたがた鳴っている鎧戸を固定するため外に出ていった者たちはそのまま帰ってこなかった。数週間がゆっくりと過ぎた。何人もの隊員が壊血病で死んだ。空腹で不機嫌になり、殺し合いになることもあった。誰もが暴動を起こすことを考えていた。その考えを打ち消し、あるいは弱めるため、バルタザール・ブラヴォは魔法のように肉を出現させなければならなかった。隊長の従姉妹と若い見習い水夫は、薄切りにされて食べられた。冬が終わる頃には、出発時には三十二人いた隊員のうち屈強な十二人だけが残っていた。彼らはふたたび前進をはじめたが、ひどく衰弱しており、以来、帰郷への思いにつきまとわれた。バルタザール・ブラヴォは当初の情熱を失い、いまでは厭世的な憂鬱に支配されていた。打ちひしがれた隊員たちは腹立ちまぎれに、あるいは酒に酔った勢いで、しばらくでたらめに歩いていた。何人かの隊員が死に、それがこの単調な旅の区切りとなった。ある水夫はもともと身体が弱かったのだが、空き地で拾った食べ物にあたって死んだ。別の水夫は階段から落ちて両足を骨折した。他の隊員たちは彼を殺すしかなかった。バルタザール・ブラヴォの副官だった男は何の痕跡も残さず消えてしまった。五月に入って二日目、地図によればドーキスに至る道が見つかったところだったが、ある不幸な男が苦しみに耐えかねて首を吊った。

五月二十五日、正午の約一時間前、イズマイル・ドーキスは自宅前に八つの見慣れぬ人影が現れたことに気がついた。ぼろぼろになった衣服だけが、それらが人間と何らかの関係があることを示していた。土曜日だった。ドーキスは休日を利用して洗車をしているところだった。彼は作業を中断し、水道の蛇口をしめた。そしてバルタザール・ブラヴォが一団を離れて近づいてくるのを眺めていた。発見者は自己紹介をした。彼は言語能力が大幅に後退しており、また息がひどく臭かった。イズマイル・ドーキスは少し後ずさりしたが、口元は動かさなかった。彼はもともとおしゃべりな性格ではなかったのである。バルタザール・ブラヴォは、この後ずさりの理由を勘違いし、ドーキスの機嫌をとるため、部下に命じて道中ずっと大事に運んできた贈り物の包みをほどかせた。贈り物というのは、清潔な下着、これまで誰も使い方がわからなかった六分儀、色ガラスのイヤリング、六つだけ牌が足りない麻雀セット、試供品の口紅、色とりどりのゴムひもセット、といったものだった。部下たちはこれらの品をドーキスから二メートル離れた場所に置いた。ドーキスは何の感慨も示さず、それらを眺めていた。

通りの向こう側からドーキスの兄、ファイドが現れた。彼は腰に猟銃をさげていた。

「助けがいるかい、イズマイル？」と彼は訊いた。

「いや、いい」とドーキスは答えた。

ほどなくして、ドーキスはガレージから自転車のタイヤを持ってきて、バルタザール・

ブラヴォの前に置いた。タイヤの溝はまだすり減っておらず、また褐色のチューブがくくりつけられていた。これこそ探検隊が持ち帰ったものだった。現在では探検博物館に展示されている。これは長らく、ドーキス家への訪問が行われたという事実の唯一の証拠だった。

　バルタザール・ブラヴォとイズマイル・ドーキスは、互いに相手の友好的なふるまいに応じつつ、五分間向かい合っていた。それから、話すことは何もなかったので別れた。

6　レティシア・シャイドマン

伝承によれば、レティシア・シャイドマンが近いうちに孫をつくると宣言したのは、彼女が養老院〈まだらの麦〉で、自身の二百歳の誕生日を祝った直後だった。医療監査員たちはすぐさまそれを禁止した。老婆たちは、養老院の庭を囲んでいる黒いカラマツの木をしげしげと眺めたり、それらの木に話しかけたりして暇をつぶしていた。あるいは汚染された土地を離れ、他の場所よりはましな生活が送れる収容所の方角に飛んでゆくイスカやコクマルガラスの数を数えたり、将来の計画を立てたりしていた。彼女たちは、その頃から、自分たちが決して死なないだろうことを知っていた。また、輝かしい時代、あるいはほとんどそれに近い時代が実現するための条件がしばらく前から整っていたというのに、人類が滅亡のほとんど最終段階に突入してしまったことを嘆いていた。この実験的な養老院で監視下に置かれていた彼女たちは、まだ人が住んでいる地域の生存者たちが、もはや一致団結して組織をつくることもできなければ、子孫を残すこともできないという事実を知って激怒した。彼女たちは、首都のイデオローグたちは過ちを犯したと考えていたし、失われた平等主義の楽園を根本から立て直すためには、彼らの大多数は抹殺されるべきだったと考えていた。ヴィル・シャイドマンの誕生はこうした観点から検討された。老婆たちは集団でしかるべき復讐者をつくり上げようとしたのである。

獣医たちと院長による脅しが激しくなり、レティシア・シャイドマンは書面で子孫をあきらめることに同意した。敵の前で偽りの誓約をすることなど、彼女にとっては何でもないことだった。

それからの数ヶ月間、彼女は共同寝室に布切れや糸くずのかたまりを集めた。そして彼女に対する監視がふたたび緩められると、それら収集したものを整理し、ぎゅっと押し固め、クロスステッチで縫い、胎児をつくり上げた。彼女はそれを枕の中に隠し、オルメス姉妹にゆだねた。オルメス姉妹はそれを月の光にかざして成熟させた。

夜になると、老婆たちは個室や共同寝室に集まった。彼女たちは体を寄せ合い、全員で一つの存在、凝縮された一人の祖母になろうとしていた。彼女たちが魔術の呪文を早口で唱えるあいだ、彼女たちの体によって構成されるシロアリの巣のような空間——彼女たちは孵化器と呼んでいた――の中心で、レティシア・シャイドマンとその側近たちが孫を成長させ、教育していた。輪の一番外側の者たちは、消灯後の見張り役だった。このデリケートな受胎の時間に、何人かの夜勤の看護師が廊下に足を踏み入れた。その看護師たちは、報告に戻る頃にはすでに生きていなかった。

7　ヴィル・シャイドマン

四、五十年後、レティシア・シャイドマンは、自分の孫を罰するための法廷で議長を務めた。

そこは高原の上だった。地球上でも珍しい、追放されることにまだ意味がある土地の一つだった。流れる雲は無人の小山を侵食し、地面と擦れ合ってその表面を削っているかのようだった。昼も夜も風がひゅうひゅうひゅう鳴る音が聞こえた。それはアジアの巨大な笛の音、耳障りなパイプオルガンの音だ。野営地は一つも見えなかった。とはいえ視線をさえぎる起伏はほとんどなく、はるか遠くまで見渡すことができた。ステップがタイガに変わりはじめる地帯を示す黒い線まで見えるほどだった。長らく、この周辺に家畜を連れてくる遊牧民はいなかった。

法廷はテントから二百メートル離れた野外に設置されていた。法廷に行くには獣道を通らなければならなかった。黄ばんだような色の小さな窪地の中心に、シャイドマンを縛りつけておく柱があった。やがて行われる処刑の際には、彼はその柱に背をもたせかけることが許されていた。老婆たちは草の上に座り、あるいはしゃがみこみ、ゆっくりと裁きを進めていった。審理が繰り返されたが、すべてはあらかじめ決定済みだったので、ひどく退屈だった。春からずっと裁判をやっていた。シャイドマンは腹と肩の下を縛られていた。ロープはラクダの汗と乾燥させた牛糞を燃やす火と脂肪のにおいがした。子供の頃から彼を苦しめてきた皮膚病がたちまち悪化した。自分の体を掻くことができるよう、日中は彼の手を縛っているロープがほどかれることもあった。彼は自分で自分の弁護をしていた。

「その通りだ。資本主義を復活させた政令文書の末尾には私の署名がある」と彼は述べた。「それによって、ふたたびマフィアたちが経済を牛耳ることになったんだ」

彼は腕を広げ、後悔の念を表した。それが判決に有利に働くことを期待したのである。しかし、老婆たちは彼の芝居がかった身振りには無関心な様子だった。彼はそのまま腕を下ろし、次のように言った。

「口にするのもおぞましいことだが、大勢の人たちがずっとそれを望んでいたんだ」

この嘘をついた後、口の中に唾液が戻ってくるまで何秒もかかった。これが嘘というのは、彼は行動する前に誰にも相談しなかったからであり、彼こそが人間による人間の搾取をふたたび導入することを擁護した唯一の権威にして、この犯罪の唯一の煽動者だったからである。彼は繰り返した。

「口にするのもおぞましいことだがね」

空では雲がちぎれ、真っ白い帯、引き裂かれたドレス、あるいは長いスカーフのように見えた。雲の背後には蒸気の層があり、雲よりも均一な鉛色をしていた。稀に鷲を見かけることがあった。ところが鷲は、獲物を狩りもしなければマーモットの巣の上を旋回しもせず、かつて収容所があった地区へと一直線に逃げてしまうのだった。おそらくそこにはまだ食物が豊富にあるのだろう。気候は暖かくなってきたが、老婆たちは羊の毛皮にくるまっていた。彼女たちはあぐらをかき、膝の上にカービン銃を載せ、黙ってパイプをふかしていた。もっぱらパイプにつめた草と茸の香りを味わうことに忙しいようだった。垢だらけのマントの裾には異様な刺繍が入っており、さらには彼女たちの手の皮膚にも、あるいは頬の皮膚にさえ、同じように刺繍がほどこされていた。彼女たちはおしゃれをすることを完全に忘れたわけではなかったのだ。顔にチェーンステッチの刺繍を入れている者もあちこちにいた。

老婆たちはこうして、シャイドマンの前に腰を下ろし悠然とかまえていた。彼女たちは日に焼けていたが、皺の数は一世紀しか生きていない女とほとんど変わりなかった。たまにレティシア・シャイドマンが被告に質問し、また遠慮せず自分の意見を述べるよう、あるいはもっとはっきりしゃべるよう、あるいは傍聴人たちに考える時間を与えるためしばらく黙っているよう求めた。

「指摘しておきたいのは」と、発言を遮られた後でシャイドマンは続けた。彼は老婆たちのふてぶてしい表情に探りを入れていた。「指摘しておきたいのは、都市にはもう何も建っていないということだ。誰も住んでいない建物と黒ずんだ土台しか残っていないんだ。それから森や田舎には、植物全体が葵やリラや苔桃みたいな紫色に変わってしまった地域が数え切れないほどある。それから家畜は死とペストの風に吹き飛ばされてしまった。それにあなた方自身だって……」

突風が彼の言葉をかき消した。風は放牧地からラクダの鳴き声と羊毛脂のにおいを運んできた。人民裁判官たちはいっせいに目を細めた。シャイドマンは、彼女たちの視線の不透明さ、あるいは濁った透明さをしっかと見据えたが、そこにいかなるニュアンスも読み取ることはできなかった。どの祖母についても同様だった。彼女たちに視線を投げかけても、彼女たちはそれを受け取らなかった。

「いずれにせよ」と、彼は結論に入った。「もう何もなかったんだ。何かを復活させなければならなかったんだ」

祖母たちは肩をすくめた。彼女たちは煙草の煙がもたらす幻覚に没頭していた。資本主義が復活する以前の、組合の集会や養老院での夜会の思い出に没頭していた。ヴィル・シャイドマンを射殺するために残っている銃弾を数える作業に没頭していた。記憶に蘇ってきた子供時代の歌に没頭していた。今晩の計画を練ることに没頭していた。その計画というのは、羊の乳を搾りに行き、羊の糞を集めて乾燥させ燃料をつくり、テントの中を片づけ、凝乳をかき混ぜ、ストーブをつけ、お茶を淹れる、というものだった。

8　エミリアン・バグダクヴィリ

　ほとんど何も見えなかったので、誰かが、たぶんバグダクヴィリが、窓を開けてくれと頼んだ。私は小さな長方形の輪郭線が示している窓枠に近づき、手探りで窓を開けた。最初はあまり用心していなかったが、次の瞬間びくっとして飛び退いた。鎧戸に触れた瞬間、異様な感じがしたからだ。指が鎧戸に食いこんだのだ。

「罠か？」とバグダクヴィリが緊迫した声で尋ねた。

「わからん」と私は言った。

　その瞬間、鎧戸が後方に崩れ落ちた。金具は腐り、木の部分はぼろぼろになっていた。ゆっくりと広がる裂け目から光が入りこんできた。戸板は小屋の外に落ち、こもった音を立てた。外は砂埃だらけで、たちまち窓の前にはうっすらと赤い雲が立ちこめた。この渦巻く雲はなかなか去らず、ふくれ上がって一種のカーテンとなり、重たげにうごめいていた。このカーテンはさらに膨張し、その向こう側の風景はしばらく見えなかった。

　オレンジと暗い赤のちかちかする照明の下では、エミリアン・バグダクヴィリとラリッサ・バグダクヴィリも調子が出ないようだった。彼らはまるで、血に染まった泥の中をしばらく引きずり回され、次いで日にさらされ、からからに乾いてひびわれ、その後でやっと見かけばかり人間の姿を与えられたかのようだった。とはいえ我々も似たようなものだった。我々というのは、ソフィー・ジロンド、つまり私の愛する女と、それに私のことである。我々は興奮も喜びもなしに、トンネルの入り口からずっとバグダクヴィリたちに同行していた。

　モミの丸太でできた壁には、外に通じる穴がどこにも開いていなかった。つまり我々のいる空間にはドアがなかった。出入り口は我々が乗り越えてきた罠とこの窓の二つだけだった。小屋の住人は、たまにはこの窓を通って移動することもあっただろうが、トンネルを使って行き来していたという方が本当らしかった。

　小屋の住人はフレッド・ゼンフルという名だった。彼は数ヶ月前に自殺した。我々が彼について知っていることは、ほとんどそれだけだった。この作戦以前にバグダクヴィリが我々を招集したという記憶はないし、彼がゼンフルのことを話したのはトンネルの中に入ってから、そこを手探りで進んでいるときだった。バグダクヴィリ自身、ゼンフルについては間接的な、歪曲されほとんど信頼に値しない情報しか得られなかったと打ち明けた。フレッド・ゼンフルの人生は、その大半が牢獄の中でひっそりと送られた。彼はそこでいくつもの外国語を、粗悪な教本によって、独学で学んだ。彼はあからさまな悪意に満ちた短い物語をいくつも書いた。というのも、彼はヒューマニズムの崩壊に耐えられなかったからだ。かくして彼は、未完成の短編集をいくつも残すことになった。それらの物語は自伝的で、かなり凡庸なものだった。しかし実のところ、ゼンフルは創作者というより言語学者だった。彼は小説より辞書を好んだ。釈放されると、彼は収容所の隠語集をつくる計画を立てた。彼は自殺の直前までこの仕事に取り組んでいた。バグダクヴィリの情報提供者たちは、ゼンフルが専門的に研究していたもう一つの分野にも言及した。それによれば、彼は、彼がそこで生きることを強いられている現実というものの性質を疑い、自分の夢の世界の無欠性を守るため、侵入者に対して罠を、つまり形而上的な鳥もちや魚梁《やな》を、仕掛けていたというのである。

バグダクヴィリは小屋の中を一巡した。ほとんど何もなかった。家具は折りたたみ式ベッドと椅子と机だけで、机の上にはカードボックスとノート二冊が置かれていた。バグダクヴィリが移動したとき、ちょっとした仕掛けが作動した。それは侵入者に向けて何匹かの巨大なタランチュラを飛ばすものだった。隠し場所でとっくにミイラ化していなかったら、タランチュラたちはバグダクヴィリの体にしがみつき、不愉快な思いを味わわせていたことだろう。蜘蛛を目にするといつも心の奥底が叫び出さずにはいないソフィー・ジロンドは、バグダクヴィリの脚に飛びつき床の上に散らばった黒いものを見て、唇を噛みしめた。

妹の方のバグダクヴィリは、窓枠に肘をついて身を乗り出した。埃の雲は薄くなりつつあった。この若い女の濃い灰色の髪の向こう側に、やっと外の風景が見えてきた。収容所から戻って以来、フレッド・ゼンフルが毎日飽きもせずに眺めていた風景だ。赤茶色の砂山、荒れ果てた土地、鉄道の線路、誰かが風車を取りつけた信号機などが見えた。

「来なくてもよかったかもしれないな」とバグダクヴィリが言った。

我々はみな落胆していた。バグダクヴィリはゼンフルの机に座り、文字がびっしり書きこまれたノートをめくっていた。それは憔悴し、ふさぎこみがちで、何十年も刑務所に入っていたのに幼稚さが抜けない元徒刑囚の文字だった。

バグダクヴィリの禿頭の上に、天井裏に隠されていた容器から蠍が降ってきた。しばらくのあいだ、バグダクヴィリの手がページをめくる音と、この節足動物が落ちてくる流し台の水漏れのような音しか聞こえなかった。蠍たちは生気がなく、動いておらず、つまりおそらくは死んでいたのだが、風に流されてバグダクヴィリの頭上や机の上に落ちてきた。バグダクヴィリはそれらをひからびた他の死骸、つまり蜘蛛たちの死骸と同じ場所に集めた。

たまに蠍がバグダクヴィリのウールのセーターにひっかかった。彼はそれを勢いよく払いのけた。そうしながらも彼は読むことをやめなかった。

彼は我々に背を向けていた。一分後、彼の声がふたたび発せられた。

「彼は有刺鉄線を表す隠語を一つしか採取していない」と彼はつぶやいた。

「で、その言葉は何なの？」とラリッサが訊いた。

彼女の兄はもう答えなかった。彼は肩をすくめようとしたが、とつぜん麻痺したようにその動作を中断した。

我々も硬直したまま、しばらく何も言わなかったし、何も考えなかった。そのまま数分が経過した。

死骸の一部が床の上でぎこちなく動きはじめた。おそらくは体組織が、光か砕かれた燧《ひうち》石《いし》のにおいか、あるいは我々の口から発せられた音に反応したのだろう。

地面でうごめいている虫たちは、何一つ有益な情報を与えてくれなかった。

「ソフィー」と私は言った。

うまく話すことができなかった。舌の上には私のほとんど知らない言語であるクメール語の断片しか上ってこなかった。私はソフィー・ジロンドのそばに寄り、ここから逃げ出し、彼女を抱きしめたかったのに。

彼女はどこかに消え失せていた。どこになのかはわからない。

9　エヴォン・ツウォッグ

クリリ・ゴンポはオピタル大通りのアーケードの下で、背筋を伸ばしてじっと立ち、偵察者の姿勢をとっていた。書店の前に出ると聞いていたのに、彼の隣には靴屋があった。もはや初めての任務ではなかったので、彼には三分間の潜水時間が与えられていた。安っぽい乞食坊主の服からは旅のにおいが立ちのぼっていた。彼の前を通り過ぎる者たちはそのにおいに気づいて、不快に感じているようだった。彼はショーウィンドウに飾られている豪華な大靴の値段を調べるふりをしていた。胴が強化され底が二重になっている、天文学的な値段の靴だった。ガラスの反映越しに店の中も見えた。客の足元に身をかがめていた女店員が嫌味な視線を送ってきたが、すぐに目を逸らした。その店員の脚はむっちりしており、斑点をあしらったストッキングをはいていた。最初は皮膚病かと思ったが、やがてただの模様に見えてきた。クリリ・ゴンポは熱心にバーゲン品の値札を見ていた。すでに十九秒が経過していた。

　右側からエヴォン・ツウォッグが現れた。彼はショーウィンドウの前で立ち止まり、腕時計に目をやり、人を待ちはじめた。彼の様子には、応用心理学の診療所で医者ではなく実験台として働いているような雰囲気があった。彼が待っている人物は遅れていた。彼は三十秒ほど我慢していたが、ふたたび腕時計に目をやった。

　五十一秒経過したところで、病院に向かう救急車がサイレンを鳴らして通り過ぎた。エヴォン・ツウォッグはショーウィンドウを離れ、落ち着かない様子でアーケードの端まで歩いて行き、救急車を目で追った。まるで救急隊員か患者が知り合いであるかのようだった。

　クリリ・ゴンポはそこから二メートル離れた場所でじっとしていた。彼はこの男の肩に神経症的な震えを認めた。次いでその男が突然うめき出し、後ずさりするのを見た。彼は体を折り曲げ、上半身をアーケードの影に隠した。銃弾や矢で負傷した人間は、苦痛や驚きのためにこうした行動をとることがある。

　とはいえ、エヴォン・ツウォッグは顔に敵の銃弾を食らったわけではなかった。その代わり、何か緑色っぽい物質が彼の額を汚していた。その物質は髪の生え際から左の眉にかけて飛び散っていた。一部は下に垂れ、エヴォン・ツウォッグの顎を少し汚し、ジャケットの上で固まった。

　エヴォン・ツウォッグは少しよろめき、それから顔に手をやり、先ほどよりも激しくうめいた。彼はティッシュペーパーを探しはじめた。運動障害があるような動きだった。なぜそんな動きだったのかというと、いまや指にも汚れが移っていて、自分の服でそれをぬぐいたくなかったのである。慎重にポケットの中を探りながら、彼は悪態をついていた。彼はその声に含まれる怒気を隠そうとはしなかった。この町の自治体は社会民主主義であり、彼はそのことを非難していた。しかし、彼の呪詛は社会民主主義全体に向けられていたし、またアーケードの上の張り出しを設計した愚かな建築家にも向けられていた。

　驚くべきことに、エヴォン・ツウォッグは明白きわまりない仮説、すなわち鳩が彼の上に糞を落としたという仮説を受け入れることを拒んだ。不快感でうめきながら自分の体を拭いているあいだ、彼は元凶となった動物が何なのかについて声に出して自問していた。彼は家禽や哺乳類の名を次々に挙げ、さらには現職の閣僚の名を挙げた。気分が悪くなるような名も含まれていた。彼は糞が落とされたと思しき場所を見に行ったが、犯人は見つからず、アーケードの下に戻ってきてふたたび愚痴をこぼしはじめた。彼の表情は錯乱していた。汚れが落ちてくるにつれ、彼はいよいよはっきり自分が何らかの陰謀の標的になったのだと感じ、それを大声で訴えた。

そのとき、彼の視線がクリリ・ゴンポの視線と交わった。その視線の中には苦悩があったが、その背後に同意を求める気持ちが見て取れた。おそらく彼は、これから行われるであろう殺戮、あるいは鳥小屋および役所への放火という大胆な計画への同意を求めていたのである。

「いまの卑劣な行為をご覧になりましたか？」と彼は言った。すでに百六十九秒が経過していた。クリリ・ゴンポは一回だけ息を吐き出し短い台詞や間投詞を口にする権利が与えられていた。

「鳩どもですね！」とゴンポは言った。

相手は飛び上がった。彼はしわくちゃになったティッシュを排水溝に投げ捨てた。唇は憎悪にゆがんでいた。

「どうして鳩だってわかるんですか？　牛かもしれないじゃないですか？　我々を支配している資本主義者のギャングスターかもしれないじゃないですか？」

彼はゴンポに近寄って叫んだ。

「宇宙人かもしれないじゃないですか？　ねえ？」

クリリ・ゴンポは先ほどの出来事には関与していなかった。彼は誰にも糞便を投げつけなかったし、それに厳密に言えば宇宙人ではなかった。それでも彼は、激しい非難を浴びせられたかのように赤面した。

彼は赤くならずにはいられなかったのだ。

幸いにも、潜水時間は終わろうとしていた。

10　マリナ・クバルガイ

ニコライ・コチクロフ、またの名をアルシオム・ヴェシオリ、ここに眠る。彼を殴った乱暴者たち、および彼を撲殺した乱暴者たち、ここに眠る。警官どもによって祭典が中断されたとき、コムソモールのマーチを奏でていたアコーディオン、ここに眠る。血だまり、ここに眠る。誰も飲み終えず、誰も拾わないまま、長いこと壁の下に放置され、何週間も何ヶ月も濁った色の雨水がたまり、約一年後の一九三八年五月六日にはその中で二匹のスズメバチが溺死したお茶が入ったグラス、ここに眠る。死ぬときは道端の木立とキャンプファイヤーの近くで、素朴ながらすばらしい叙情をたたえうっとりするような美しいメロディーのロシア民謡を歌う兵士たちと一緒に座っていたい、という願いを語り手が表明するヴェシオリの小説、ここに眠る。逮捕された日のほとんど曇っていなかった空のイメージ、ここに眠る。低俗な作家でも月並みな共産党員でもなく、官僚機構ないしは裏の官僚機構の臆病な一員でもなく、そしてまだ警察に殺されていなかったヴェシオリによって書かれた、乱闘の際に地面に落ちた本、彼が闘っているとき血の中に落ちてそのまま忘れられてしまったこの傑作、この忘れがたい小説『血で洗われたロシア』、ここに眠る。タイプ打ちの宣言文と傷だらけになり血まみれになっても彼が署名することを拒んだ短いテクストしかヴェシオリの文章を読んだことがない警官たち、ここに眠る。ヴェシオリの本能的な英雄主義、飽くことなき友愛への渇望、ここに眠る。ヴェシオリが思い描き、また生き抜いた叙事詩、ここに眠る。牢獄の薄闇の嫌なにおい、鉄製の戸棚のにおい、袋叩きにされた男たちのにおい、ここに眠る。骨の関節が鳴る音、ここに眠る。自動車が近づくとモミ林から飛び立つカラスたち、およびその鳴き声、ここに眠る。不浄なる東洋を目指し、汚物と腐臭にまみれて進んだ何千キロもの道のり、ここに眠る。出入りする車を観察しながら、七日間高い枝の上を離れず、それから不治の病を受け入れ、翼を広げさえせず落下し自分を地面に叩きつけた、気位が高く見事なほど黒々としたヴェシオリが飼っていたゴルガという名の雌のカラス、ここに眠る。こうした自殺の傲慢さ、ここに眠る。ヴェシオリの友人たち、名誉を回復された死者たち、および名誉が回復されなかった死者たち、ここに眠る。彼の刑務所仲間たち、ここに眠る。党の同志たち、ここに眠る。死の悲しみを分かち合った同志たち、ここに眠る。〈白人〉と闘っていた頃、まだ若者だった彼の肉体を貫いた弾丸、ここに眠る。そのロシア語の筆名が、どんなことがあっても決して失われない陽気さを連想させるヴェシオリの失望、ここに眠る。アルシオム・ヴェシオリによる叙事詩文学の、人を酔わせる数ページの文章、ここに眠る。彼が別れの挨拶をする暇がなかった美しきマリナ・クバルガイ、ここに眠る。死ぬ前に二人が再会できることをマリナ・クバルガイが信じられなくなった日、ここに眠る。氷に覆われた転輪機の上の車輪の音、ここに眠る。彼の死後、その肩に触れた見知らぬ男、ここに眠る。自動車が近づいてきたとき、力をふりしぼって自分の口の中に弾丸を打ちこんだ勇敢な男たち、ここに眠る。雪が降っていた夜と太陽が照っていた夜、ここに眠る。人間にとっての狼の夜、蛆虫の夜、残酷な小さな月の夜、追憶の夜、光なき夜、ありえないほど静かな夜、ここに眠る。

「ここに眠る」という言葉を口にするたび、マリナ・クバルガイは顔を上げた。彼女は手を上げ、おぼろげな記憶が湧き出してくる頭の一点を正確に指差していた。私は細部の正確さについては完全には信用していなかった。彼女がこの聯禱をはじめてから二世紀以上経っていたし、気取りや詩的情熱から、彼女は一回一回が以前とは違うヴァージョンになるよう工夫を凝らしていたからである。私はそれでも、記憶に刺繡をほどこすために彼女が用いる糸の品質、その真正さについては少しも疑っていなかった。私はマリナ・クバルガイの皺だらけの顔、節くれだった手、石よりも硬くなった骨、私と同じようにでこぼこになり、てかてか光る日焼けした皮膚で包まれた肉を眺め、懐かしさを感じた。というのも、私はこの女が二十か三十歳だった頃、彼女がすばらしく魅力的だった頃のことを思い出していたからだ。「私」という言葉を用いて、今日の私はレティシア・シャイドマンとして語っている。私が羊の乳を搾り終えると、この時間帯にはよくあることだが、マリナ・クバルガイがおしゃべりをしにやって来て、私の横にしゃがみこんだ。午後が終わろうとしていた。夜までに終わらせなければならない仕事はもうなかった。

マリナ・クバルガイは黙りこんだ。彼女は夕暮れの薄明を眺めていた。弱まってゆく光の中、彼女の目は魔術師のように透き通っていた。

やがて、相変わらず自分の頭の中を指差しながら、彼女は聯禱を再開した。アルシオム・ヴェシオリが書き終えられなかった書物、および書くことが不可能だった書物、ここに眠る。押収された彼の原稿、ここに眠る。アルシオム・ヴェシオリの引き裂かれたシャツと血が飛び散ったズボン、ここに眠る。ヴェシオリが恐れなかった暴力、ここに眠る。ヴェシオリの情熱、ここに眠る。初めて審問官たちと対面した夜、初めて積み重ねられた人間たちの中で過ごした夜、初めて人間の身体に含まれるあらゆる種類の液体が流された独房で過ごした夜、初めて歯を全部折られた共産党員と対面した夜、ここに眠る。初めて列車で移動した夜、冷え切った車両の中で過ごしたすべての夜、死体の横で眠りこけていた夜、初めて狂気に触れた夜、初めて本当の孤独を味わった夜、ついに約束が果たされた初めての夜、初めて土の中で過ごした夜、ここに眠る。

11 ジャリヤ・ソラリス

ボロディーヌは一匹の鼠を救った。彼はいつも鼠を尊重してきたし、それに救うという発想が気に入ったのだ。それから起こった出来事は、この慰み者の運命に対する彼の影響などほとんどないということを証明した。しかし彼は、ほんの一瞬とはいえ、凄惨なものだったであろう一分間の断末魔からこの齧《げっ》歯《し》類を救ったのである。彼はその鼠を赤毛の猫の口から奪ったのだった。彼はその猫を流しとごみ箱のあいだの空間に追いこんだ。朝の七時になったばかりだった。台所には夜の静寂が残っていた。何も起こらない夜、生き物は眠り、事物はいかなる光も届かない場所で古ぼけ腐ってゆく夜。古い冷蔵庫の駆動音と、それが苦しげにうなりながら途切れる音だけがその静寂を乱す夜。そのような夜の静寂がまだ残っていたのである。ボロディーヌと動物たち以外は、すべてのものがまだ眠っているようだった。その猫は太っており、毛並みはつややかで、そのたっぷりした頬に白い虎縞が入っていた。そして王のごとくすべてを軽蔑しているらしかった。猫は抵抗し、最初はボロディーヌの手をすり抜けた。しかし、人間がしばしば他の生物のうちに呼び覚ます畏敬の念に突然襲われたためか、猫は勝負を投げた。ボロディーヌの掌が物乞いのように口の下に差し出されると、猫はぞんざいに灰色の施し物を落とした。鼠はぴくぴくふるえており、涎と恐怖にまみれていた。鼠はすぐさまボロディーヌの指の骨——一番近くにあった右手の人差し指の末節骨——に歯を食いこませてきた。ボロディーヌはこの行為に抗議し、拳を少しばかり強く握りしめた。

ボロディーヌは外に出たが、この囚われの鼠をどうしてよいかわからなかった。彼は通りを渡った。

秋だった。菩提樹の葉は黄色に染まり、マロニエはいがぐりを落としていた。すでにほとんどのツバメは移動しており、もう雄の成鳥もいなかった。大通りの交通も、すでに温暖な季節とは違うものになっていた。車の数は減ってきたが、その代わり冬に向けて車体が大型化し、型も変化してきた。もはや右ハンドルでも左ハンドルでもなく、運転席は車の中央に位置するようになっていた。車を運転しているのは一般に巨大な目の女だった。彼女たちの瞳は金色に輝き、髪の色は半透明ないしは灰色だった。彼女たちはまばたきもせず、また微笑みもせず、道路を注意深く観察するのだった。そして車道をゆっくり、成り行きまかせに走っていた。まるで運転という行為に少しばかり距離を感じているかのようだった。

こうした女の一人が、五十メートルほどスリップした後、ボロディーヌの前でブレーキを踏んだ。この女は、バンパーの上にビス止めされた証明プレートによれば、ジャリヤ・ソラリスという名前だった。

アスファルトが輝いていた。車はボロディーヌのそばの歩道に停まった。バルブのかすかな音が聞こえていた。運転前の点検ではいかなる故障も見つかっていなかった。ヘッドライトには虫がこびりついていた。ボンネットには最近梟がぶつかった跡が残っていた。つまりこの車は、街中以外の場所ではかなりのスピードで走ることがあるということだ。運転手はきわめて冷ややかに、ボロディーヌの内部に位置するある一点を見つめていた。

ボロディーヌはこの世界における自分の立場をわきまえており、そんな彼にとって、車のドライバーと接触するなど想像しがたいことだった。彼はドライバーと自分の二人が登場する物語、二人の平凡なあるいは非凡な結びつきの可能性を色々と考えてみた。しかし、彼の頭には何も思い浮かばなかった。輝く大きな目と半透明の長い髪を持った、梟殺しの女たちは、ボロディーヌとは住む世界が違っていたのである。

ジャリヤ・ソラリスはハンドルから手を上げた。それは彼女にとっては明らかな誘いの身振り、解読可能な合図のはずだった。ボロディーヌは車のフロントに回りこんだ。ガラスの向こう側から、相変わらずジャリヤ・ソラリスの目が彼を見つめており、彼には解釈しようのない琥珀色の波動を発していた。彼はその波動と交わった。そのリズムもその力も彼には理解できなかったが、このひそやかな嵐と交わった。彼は目を伏せた。彼女の顔は、彼にとってあまりに多くの未知の感情、検証不可能な心理状態を表していた。それは心の寛大さだったのかもしれないし、願望だったのかもしれないし、逆に怒りだったのかもしれないし、嫌悪だったのかもしれない。あるいは、昆虫学者の非情な好奇心だったのかもしれない。

この点についてはほんのわずかな確信も得られなかったので、ボロディーヌは、彼の手の中で苛立ち、いまや彼の指の繊維に爪を突き立てている鼠に、心の中で寄り添おうとした。しかし、鼠との関係においても、現実の触れ合いや交流ばかりか、交流という概念さえもが、最初から破綻していたのである。鼠の鼻面はきれいで、爪痕もなかった。しかし猫が歯を立てた腰のあたりからは血が滴り落ちていた。鼠はおのれの看守が口と目を近づけてくるのを見て、激しく身をよじり、ふたたび死んだふりをした。哀れだな、とボロディーヌは思った。

ジャリヤ・ソラリスはボタンを押した。ボロディーヌの横にあった窓が開いた。彼は不安に胸をしめつけられ、人気のない大通りを見やった。そして開いた窓に向かって身をかがめた。珍しい木の香りがただよってきた。エンジュと紫檀の樹皮をベースにした香水だった。

「こんにちは、ジャリヤ。ジャリヤって呼んでもいいですか？」とボロディーヌは尋ねた。

「それちょうだい」とジャリヤ・ソラリスは言った。

彼女は誰でも理解できる言葉でそう言った。しかし、そのイントネーションからはいかなる思考も読み取れなかったので、ボロディーヌは怖くなった。彼は窓から手を差し入れ、シートの上に小動物を落とした。その小さな手足がシートの革に接触してからちょうど十一分の一秒後に、ジャリヤ・ソラリスは鼠をつかんだ。そしてすぐさま窓を閉めるボタンを押した。もうボロディーヌに興味はないようだった。すでに車は走り出し、一メートルほど前進していた。左の前輪のタイヤがなめらかに歩道から外れようとしていた。

ボロディーヌの証言はここで途絶えている。ジャリヤ・ソラリスは鼠と親密な関係を結んだのだろうか？　食べてしまったのだろうか？　ボロディーヌが消えたのは彼女のせいなのだろうか？　思い直して彼を車に乗せたのだろうか？　もしそうだとして、彼女はボロディーヌと親密な関係を結んだのだろうか？　それとも彼も食べてしまったのだろうか？

12　ヴァルヴァリア・ロデンコ

ヴァルヴァリア・ロデンコは銃を置くと、大きく息を吸って言った。

「能無しども！　腑抜けども！」

「我々の前には貧しき者たちの大地が広がっている。富は富める者たちに独占されている。ここは略奪された大地と灰になるまで血を搾り取られた森の惑星だ。屑だらけの惑星だ。屑だらけの平野と金持ちだけが渡ることのできる海と、金持ちどもの玩具と金持ちどもの過ちによって汚染された砂漠の惑星だ。我々の前にはマフィアの多国籍企業に牛耳られた多くの街がある。金持ちどもに道化師が支配されているサーカスがある。金持ちを楽しませ、我々の意識をまどろませるために考案されたテレビがある。我々の前には偉大さの上にふんぞり返った偉人どもがいる。しかしその偉大さとはつねに、貧しき者たちがこれまで流してきた、そしてこれからも流すことになるだろう血の汗がつまった樽なのだ。我々の前には華やかなスターたちと賢しらな名士たちがいる。彼らがどんな意見を表明しようと、どんな華々しい論争を繰り広げようと、それが金持ちどもの長期的な戦略と齟齬をきたすことはない。我々の前には彼らの永続的な延命と我々の永続的な無気力のために考え出された民主的な価値観がある。我々の前には彼らの指先と目配せだけで操られ、そして貧しき者たちには一切の実質的な勝利を禁じている民主的な仕組みがある。我々の前には、我々が憎悪を向けるよう彼らが差し出した標的がある。それはいつだって巧妙に、貧しき者の理解力を超えた狡知と貧しき者の文化を無力化する二枚舌によってつくり出されている。我々の前には彼らの貧困対策が、貧困層への産業支援と緊急の救済措置の計画がある。我々の前には我々を貧しいままに、彼らを富んだままにしておくためのドルの無料配布がある。彼らの尊大な経済理論があり、勤勉さの道徳があり、二十世代後あるいは二万年後にはすべての人々に富が行き渡るという約束がある。我々の前には遍在する彼らの組織があり、彼らの息がかかった手先どもがいる。自発的に彼らの宣伝をする者がおり、彼らが所有している無数のメディアがある。自分の子供が天秤の有利な側に居場所を保証されるだけで、社会正義のもっとも輝かしい原則を屈託なく奉じる家長たちがいる。我々の前にはシニシズムがある。このシニシズムはあまりにも円滑に機能しているので、その存在をほのめかすだけで、つまりそのメカニズムを解体するのではなくただ存在をほのめかすだけで、狂気と隣り合った不分明な辺境地帯へと、太鼓の音も人々の支援も一切ない場所へと追いやられてしまう。私はこうしたものを前にしている。私は無防備に罵倒へと身をさらし、こうした演説のために罪を着せられている。我々の前にはこうしたものがあるのだ。しかし、そこから全面的な暴動が、徹底的かつ容赦なき運動が生まれなければならない。金持ちどもによるあらゆる宗教的ないしは経済的原理から離れ、彼らの政治哲学を無視し、彼らの最後の番犬どもの吠え声など一顧だにせず、我々の規範に基づいた容赦なき再組織化と再構築を行うためには、少なくとも百年が必要だ。我々の前には何百年も前からこうしたものがある。しかし我々は、無数の貧しき者たちのもとに、平等主義に基づく反乱という未知の考えが、同時に、つまり同じ日に訪れるには、またその考えが彼らの中にしっかりと根づき、ついに花開くにはどうすればよいのか、まだ知らない。だからその方法を見つけようではないか。そして、それを実行しようではないか」

ヴァルヴァリア・ロデンコはここで演説を終えた。テントの背後では羊たちが興奮して暴れていた。というのも、最初は羊たちを混乱させていた夜の演説の声は、やがて彼らの子守歌になったからである。今度は声が止んだせいで、彼らが目を覚ましてしまったのだ。

老婆たちはテントから数メートル離れた場所に火を焚いていた。炎が彼らの日焼けした肌と大きく開かれているのにほとんど開かれていないように見える目を照らしていた。六月の美しい夜だった。星座は地平線近くまではっきりと見えた。残っていた昼の熱気はステップのにおいを運び、星々の高みまで達して震えていた。我々の顔にはニガヨモギのかけらや夜行性の蠅がくっついていた。

ヴァルヴァリア・ロデンコは旅装だった。青い絹の上着とマーモット皮の祭服、それにレティシア・シャイドマンから贈られた刺繡入りのズボンを身につけていた。まるでヒバロ族によって干し首にされたかのような、とても小さな頭が衣服から飛び出していた。そのミイラのような雰囲気を軽減しようと、オルメス姉妹は彼女の頰に、さらには瞼に、モンゴルフェルトの詰め物をしていた。彼女の手足もひび割れている部分は修繕されていた。敵と対峙する際、カービン銃の重さとその反動に耐えなければならない右腕には、マリナ・クバルガイがカラスの羽と熊の毛皮で飾りつけたブレスレッドがはめられていた。

「以上が」とヴァルヴァリア・ロデンコは溜息まじりに言った。「以上が私が手はじめに言おうと思っていることだ」

賞賛のささやきが聞こえ、次いで沈黙が訪れた。老婆たちはこれから一、二時間ほど思案にふけろうとしているところだった。見落としていたかもしれないぎこちない部分を見つけるため、最後にもう一度ヴァルヴァリア・ロデンコの演説を反芻しようというのであった。事実、このマニフェストを推敲するにあたって、彼女たち全員が細心の注意を払ったにもかかわらず、ヴァルヴァリアが広大なる不幸な世界に旅立つ前に、さらにいくつか訂正できる誤りがあることは明らかだった。たとえば文体に覇気がなかったり、鈍重だったりする部分があるはずだった。

ヴァルヴァリア・ロデンコは炎を覗きこむように身をかがめた。彼女はそこに一本の小枝を投じた。

彼女はしわくちゃで、それにとても小さく見えた。しかしすべてが予定通りに進めば、彼女こそが火花をはじけさせ、大地をふたたび燃え上がらせることになるだろう。

13　ベッラ・マルディロシアン

突然、八階で鶏が鳴きはじめた。最初は控え目だったが、そのうち甲高くヒステリックな鳴き声に変わった。誰かが来たのだ。狐かイタチかもしれない。しかし犬は吠えていなかった。

ベッラ・マルディロシアンは裸体をくるんでいたぼろ切れをはねのけ、ベッドの縁に腰かけた。汗まみれだった。明け方の光が部屋に入ってきた。薄明がやっとのことで闇を打ち負かしたばかりだった。現実でも夢でもよくあることだったが、天井から二匹のヤモリがじっと見つめていた。暑かったし、湿気がひどかったせいで、手元がおぼつかなかった。脇の下から腰へと汗が流れ落ちた。息苦しかった。私が語っているのはもちろん、他の誰でもなく彼女、ベッラ・マルディロシアンのことである。というのも彼女は、彼女が住んでいるこの巨大な建物の唯一の住人なのだから。

彼女はよく眠れなかった。息苦しいほどの闇と静寂の中で何度も目を開けたことを思い出した。五月から十月まで、夜はこうして到来することのない安息と涼気を待ちながら過ぎてゆく。ガラスはもはや一枚も残っていなかった。窓の前につるされた蚊帳は目が細かすぎて、風が入ってこなかった。

ベッラ・マルディロシアンは起き上がり、裸のまま二秒ほど突っ立っていた。昨晩、浴室代わりに使っている四階の蛇口できれいな水をためたブリキ缶を未練がましく眺めた。軽く身だしなみを整えたかったが、そんな時間はなかった。鶏たちのやかましい鳴き声のため、できるかぎり早く階下に降りたかった。彼女はしぶしぶ昨日と同じ、そして一昨日とも同じ下着を身につけ、その上にポプリンの茶色いコートを切ってつくったノースリーブのドレスを羽織った。ボタンがいくつか壊れていて首まわりが大きく開いていた。彼女はその部分を紐で縛った。

階下では鶏たちが暴れていた。鳴き声は先ほどから大きくなるばかりだった。ベッラ・マルディロシアンはゴム長靴をはいて、部屋のドアを後ろ手に閉めた。廊下を渡り、階段に足をかけた。ここは、この建物の中で完全には崩壊していない最後の階で、つまり十二階だった。先週は雨が降った。足元の階段がしゅうしゅう音を立てていた。換気孔の振動が脚に伝わってきて、まるで一歩ごとに長靴の中で血のまじった泥と一緒にかかとが崩れてゆくようだった。どこも湿気がひどかった。崩れた屋根にはまだ水がたまっているらしく、壁に沿って水が滴っていた。エレベーターのシャフトの底の壊れた水道管から水が漏る音も聞こえてきた。踊り場には大きな黒い水たまりができていた。

ベッラ・マルディロシアンが二階下に降りると、やっと犬の吠え声がかすかに聞こえた。しかし、それは別の建物から聞こえてきた。犬はたまにその建物に探検に出かけ、二週間も経ってから、ひどくやつれて腹を空かせ、体中を蚤に嚙まれて帰ってくるのだった。

汚物と鶏のにおいがきつくなってきた。陽光もきつくなってきた。

彼女はさらに二階下に降り、鶏小屋の前に到着した。

鶏たちはぶつかり合いながらあちこち飛び回り、埃をもうもうと舞い上げ、ひどい悪臭をまき散らしていた。金網の向こう側に、鶏たちの錯乱した目とぎくしゃく動く尾と醜い羽が見えた。彼らは不可解な恐怖をあらわにしていた。糞だらけのとまり木がずっと揺れ続けていた。汚らしい羽が雪のように舞い、でたらめな方向に飛び交っていた。羽は糞で汚れた床の上で跳ね、ふたたび空気の渦に巻きこまれていった。卵が三つ割れていたが、血や死骸はどこにもなかった。肉食獣が侵入したという仮定は根拠が薄れた。浮浪者が侵入したということもほとんどありえなかった。一年以上、新たにこの町にやって来た者は誰もいなかったのだから。

ひょっとしてエンゾじゃないかしら、とベッラ・マルディロシアンは不意に思いついた。エンゾが健康を回復したのだとしたら？　私に会いにやって来る手段を見つけたのだとしたら？

「エンゾなの？」と彼女はつぶやいた。

たいして期待はせずに、彼女は壊れたエレベーターの扉と七〇二号室の入り口を調べた。そこにはとまり木の一部が立てかけてあり、ぎりぎり一人の人間が隠れられるようになっていた。鶏たちの鳴き声はやんでいなかった。誰も返事をしなかった。

以前、廊下の突き当たりにある小窓をつるはしを使って広げた。それで壁の中央にぽっかり穴が開いていた。その穴の向こう側に太陽が昇ってきた。ベッラ・マルディロシアンは日光を浴びに行った。目を眩ませて楽しむため、彼女はいったん目を開いてからまた閉じた。

エンゾの幽霊が私を訪ねてこようとしたのかしら？　彼女は相変わらずそんなことを考えていた。

彼女の前に、彼女が見てはいない風景が広がっていた。美しい太陽があり、誰も住んでいない廃屋があり、朝の静けさの中に黒々と浮かび上がる巨大な建物があった。文明が終わり、そして野蛮すら終わった後の大都市を思わせる瓦礫の山があった。そしてエンゾ・マルディロシアンの思い出があった。太陽と同じように彼女の目を眩ませる思い出が。彼女のまぶたの裏側で煉瓦色の斑点がゆれていた。

いつものように、彼女は虚空に身を投じることを考えた。思いとどまる合理的な理由は何一つなかった。

「エンゾ」と彼女はつぶやいた。「エンゾ・マルディロシアン、私の弟。こんなにも私はあなたが必要なのよ。あなたがいなくて寂しい。こんなにも寂しいの」

14　ラザール・グロモストロ

　五月十日の深夜十二時ちょうど――つまりもう五月十一日になっていたが――に探索隊は出発した。舵手はできるだけ風に逆らわないよう命じられていた。この深夜の時間、風はわずかしか吹いていなかったが、我々はすぐさま湾口を抜け出し西に進路をとった。我々はお互いの体をロープで結んでいた。前年、新たな航路を切り開こうとした不幸な船員たちのように最初から取り返しがつかないほど散り散りになってしまう危険を避けるためだった。

　四人の屈強な男たちが船首に立っていた。メヤンジュ広場を抜け、オヴィボス大通りの方角に梶を切ったとき、彼らは帽子を脱いで腕を激しく振り回した。バルコニーからその身振りに反応する者は誰もいなかったし、歓声が上がる気配もまったくなかったので、彼らはおとなしくなった。我々は粛々と夜の中へと進んでいった。そして早々とセット＝ラガーヌ通りに接近したのだが、その角にある中国人のクリーニング店の前を通過中、すさまじい爆音が耳をつんざいた。次いでそれに劣らずすさまじい静寂が訪れた。我々はその場で立ち往生した。

夜はタールのように黒々としていた。我々は窓の外を窺い、非常に大きな不安を感じて互いを結びつけているロープをひっぱり、声をかけ合った。ライターで明かりをとろうとする者が何人もいたが、ライターの火では何も見えなかった。午前一時四十分だった。我々は障害物に衝突し、深刻な船体の傾きが明らかとなった。我々はもはや前進しておらず、周囲ではあらゆるものが静止していた。幸いにも、船医が早急に確認したところによれば、怪我をした船員は一人もいなかった。

船長のジェノ・エプスタインは、被害の大きさを検証し、何が起こったのかを究明し、我々が朝までに、そしてそれ以降になすべきことをはっきりさせるため、ベテラン乗組員の一人をセット＝ラガーヌ通り三番地へと向かわせた。

港町ではラザール・グロモストロという名で通っていたその男が戻ってくるまで、我々は歩道で車座になっていた。不安のため会話は小声になり、やがて舌は口の中で動き回るのをやめた。この探検は出鼻をくじかれたと考えざるをえなかった。我々は深い闇に浸りながら、条件が整えばどんな生物にも備わっているはずの冷静さを何とか取り戻そうとしていた。

しばらくすると、闇の中から響いてくる音が我々の注意を引いた。そんなとき想像力と聴覚はたえまなく協力し合い、一体となって働くのだった。ときおり、偵察に出された乗組員の独り言や恐怖の叫びが遠くから聞こえるような気がした。オヴィボス通りからは、分岐ポイントに入りそのまま財務局に向かう市街電車の車輪がきしむ音が聞こえた。メヤンジュ広場のはずれでパトカーがサイレンを鳴らしはじめた。もしかすると救急車だったかもしれない。事実、我々が後にしてきた海岸では日常的な騒ぎや災難がずっと続いていたのである。そのようなありふれた、しかしすでに我々とは無関係になった騒動のことを考え、胸をしめつけられるように感じた乗組員は一人や二人ではなかった。暗闇が隠れ蓑になってくれたが、それでも何人かの乗組員は鼻水や男泣きの涙を隠すことができなかった。

ジェノ・エプスタインは我々の雰囲気に責任を感じており、そしてその雰囲気がますます悪くなってきたので、我々の気を紛らわせようとした。彼はこの地方に伝わるいささか感傷的な哀歌を三つ四つ歌った。それに合わせて低音部を口ずさもうとする者もいたが、そのコーラスは少しでも盛り上がろうとするや、すぐさましぼんで消え失せてしまうのだった。最後の曲を歌っているときなど、船長は自分があらゆるもの、そしてあらゆる人から見捨てられたように感じ、第二節を歌うのをやめてしまった。彼の声は次第に小さくなり、やがて彼は黙りこんだ。

時計の針が何回転もするあいだ、もう誰も歌わなかったし、誰もしゃべらなかった。ラザール・グロモストロが戻ってきたのはそんなときだった。彼は老けこんでいた。バスターミナルの便所のにおいがし、服はぼろぼろだった。彼はジェノ・エプスタインの隣に腰を下ろし、ためらいがちに何が起こったかを話した。

我々が衝突したものは、通りの奇数番地側を転がっていた段ボール箱だった。クリリ・ゴンポという男がその段ボールを仮住まいにしており、その中で寝ていたのだった。その男は衝撃でアスファルトの上に放り出され、セット＝ラガーヌ通り七番地まで転がっていった。ラザール・グロモストロが彼を救助したとき、彼はまだのたうちまわっていた。二人は挨拶を交わし、一緒に総合病院を探した。すぐさまクリリ・ゴンポはストレッチャーに乗せられ、怪我が致命傷かどうか調べるため放射線科に運ばれた。彼がしつこく頼んだのでラザール・グロモストロのX線写真も撮影された。こうしてイオン化ランプの下で仲良くポーズをとり、暗闇の中で一緒に放射線を浴びることで、彼らのあいだに友情が生まれた。約十五週にわたる救命措置が終わると、インターンによれば予後の見通しは悪かったが、クリリ・ゴンポは病院から抜け出す決心をした。心配のあまり病院の近くで寝泊まりしていたラザール・グロモストロと協力し、二人は外出許可を得ず夜中に病院を出発した。その後数ヶ月間はレ・アール地区でひっそりと暮らした。グロモストロはかつてこの地区でレアという女を知っていた。二人はその女を見つけた。冬に備えて彼らが薪割りをし、彼女は食事の世話はしないという条件で、彼女は二人をガレージに泊めることに同意した。クリリ・ゴンポは少しずつ回復していった。ところがある風の強い日、彼はふっと消えてしまった。それから冬が来て、春が来ても、彼の消息は一切知れなかった。それでラザール・グロモストロは報告しに戻ることを決心したのだった。

船長の隣で、彼はぼろぼろのずた袋と首にかけているレジ袋――それが彼の荷物だった――の中をひっかき回し、何枚かの絵葉書やレアという女が住んでいた地下室の鍵を取り出した。そして出し抜けに、一枚のひび割れた写真を広げた。そこにはX線検査台の上で寄り添う骸骨姿のゴンポと彼が写っていた。ラザール・グロモストロの頑健な、申し分のない骨格の左側には、骨のような物体と器官が絡まり合った何だかよくわからないものが写っていた。

　ラザール・グロモストロは震える指先をその写真に押しつけ、言った。「こっちがおれの体で、こっちがあいつのだ。おれたちはほとんど同い年だった。この写真は少しぼけているよな。あいつが動いたんだ。たぶん笑っていたせいだ。あいつはよくふざけていたからな。一緒に災難を乗り越えた、最高の連れだったよ。おれたちはすばらしい友情で結ばれていた。あいつは自分がもうじき死ぬと思っていた。でもあのときは、笑い話をしていて動いちまったんだ」

15　ババイア・シュターン

エレベーターが壊れているので階段を上らなければならない。三十年ほど前、地下にあったエレベーターの駆動部に何者かが火を放ったのだ。浮浪者がやったのだろうか？　それとも兵士だろうか？　過失だったのか？　それとも悪意があったのか？　ひょっとするといまが戦争中だと、あるいは復讐が行われている最中だと思いこんだ誰かが、エレベーターに火を放つことで戦争に勝利し、復讐を遂げられると思ったのかもしれない。燃える油のにおいと放射性の蒸気は薄まり、この建物はふたたび無害になった。僕は一番被害の少なかった十四階に住んでいる。

外から帰ってきて九階の踊り場まで来ると、次の階段を上る前に九〇六号室のドアの前を通らなければならない。僕はそこで一休みし、呼吸を整える。その部屋には五ヶ月前から人が住んでいる。かつて馬がいた時代の馬小屋のように、ドアの中ほどの高さの部分が水平に切り取られている。その上の縁に一人の女が太い腕を乗せている。それがババイア・シュターンだ。彼女は昼も夜も寝間着姿でそこにいる。かつてアフリカ大陸があった時代のカバのように、彼女の体は汗でてかてか光り、太って腹が突き出ており、脂肪が多いなめらかな肌をしている。彼女はいつでもそこにいる。たまにいなくなるのは、彼女の息子たちがバケツを空にするため別の場所に移動させているときか、体を洗ったり食事を与えたりするため部屋の奥に連れて行っているときだ。

彼女が立てる音は大きな溜息とお腹が鳴る音、それに小便と下痢の音だけである。母親がバケツの上に快適に座っていられるよう、また通行人を眺めて楽しむことができるよう息子たちが積み重ねた古タイヤの上に、彼女はじっと座っている。実は、ここより上の階に住んでいるのは僕だけなのでほとんど人は通らない。まるで戦地から遠く離れた兵舎の庭に立つ存在を忘れられた歩哨のように、ババイア・シュターンは何時間ものあいだ何一つ目にしない。彼女は埃だらけの階段、僕以外には誰も使わない階段をじっと見つめている。というのも彼女の息子たちは、八階に通じている梯子を使って部屋の反対側から出入りしていたからである。こうして彼女は、出来事の完全なる不在を見つめながら、ずっと動かないままだ。沈鬱な表情を浮かべ、体を流れる汗の滴をぬぐうこともしない。彼女は自分の中に脂肪がたまってゆくのを感じ、筋肉がぶよぶよになったことに気づく。まばたきはほとんどしない。ときおり虫に刺され、ときおり蛾や蠅に悩まされる。虚無が少しばかり悪臭を放っている。彼女は鼻をくんくんいわせてその虚無を吸いこんでみる。正面のひび割れた壁にはヤモリが住んでいる。彼女はそのヤモリたちを識別できる。一匹一匹がどんなヤモリか、どれが不器用なヤモリで、どれが語学の才能に恵まれているヤモリで、どれが幼少期のトラウマを決して克服できないヤモリなのか、彼女は知っている。彼女はヤモリたちのことが好きだった。

僕がこの建物を出ると彼女の上方には動くものは何一つない。そんなわけでババイア・シュターンは建物の下方に、街路に注意を向ける。というのも、ときおり興味深い音がかすかに聞こえてくるからだ。灰と砂の中で荷を引きずっている放浪者の足音や声などだ。彼女はまた、空っぽの部屋の中で空気がざわめく音や、風の歌声や、ベッラ・マルディロシアンが養鶏をやっている――と言われている――建物から聞こえる鶏たちの鳴き声を聞く。時が流れる。かくしてババイア・シュターンは、人間の、つまりは僕の姿を目にするまで半日、あるいは丸一日も待たなければならないことがよくある。

九〇六号室のドアの前を通るたび、僕はババイア・シュターンの視線に出会う。僕の視線を貪るように求める、怯えたような視線。僕は目を伏せない。彼女の正面で何秒か立ち止まる。彼女が生の根底にある汚辱について無言で語るのを聞く。僕は黙りこむ。彼女の問いかけへの答えを僕は持っていない。もうずっと前から、なぜ生がこれほど汚辱にまみれた中心のまわりを回らなければならないのか、誰も知らないのだ。僕は首を横に振り、微笑みを浮かべる。唇が震えている。この女に同情はするが、彼女のためにできることは何もない。彼女は僕に話しかけようとし、僕はそれを聞く体勢をとる。しかし彼女は、すぐさま後ろめたそうに、視線を背後に、彼女の息子たちが住んでいる部屋の中へと向ける。何かのメッセージを発しようとする瞬間に、彼女はそれを中断してしまう。彼女はとてつもなく重い溜息を漏らす。彼女の苦悩は突如として肥満した体の中に溶けてしまう。彼女の息子の片方が台所で咳払いしているのが聞こえる。もう片方はボウルをかんかん叩いている。ババイア・シュターンはふたたび、九一二号室の崩れた入り口をひっかいているヤモリたちを憂鬱そうに観察しはじめる。

僕はシュターンの息子たちに対して儀礼的なあいさつ以上の言葉をかけることは決してない。隣人ではあるが、僕は彼らのことを何も知らない。彼らが近くに住んでいることを、僕は恨めしく思う。彼らにはまったく共感しない。我々の心が通じ合うことなど決してない。彼らが母親を太らせているのは、明らかに食人のためである。あと何週間もしないうちに、彼らは母親の血を抜いて調理してしまうことだろう。たしかに生きることは根本的に汚らわしい。しかしそんなことは別の場所に行ってやってほしいものだ。

16　リディア・マヴラーニ

その少女は私の方に向かってきた。私から目をそらさず、まっすぐこちらに向かってきた。透き通った黒い目、どうしようもなく強烈な何かが叫びよりも激しく燃え上がっている目で、じっと私を見つめながら。彼女は人ごみをかき分けてきた。私たちの周囲には殺気立った貧民たちがいた。穴が空いたジャケット、破れたコートやドレス、汚いぼろ着にくるまれた数十人の男や女が、私たち二人を隔てていた。あまりの混雑で前に進むのはほとんど不可能に思えた。二時になっていた。太陽が照りつけていた。市《いち》のにおいはますます濃密になってきた。生ものは腐りはじめていたし、埃は買い物客の生きた身体にこびりつき、動物たちの死んだ身体に降りそそいでいた。それら動物の死体は肉売り場で、スライスされ、あるいは皮を全部か半分剝がれた骨つき肉として売られていた。地面に落ちて踏みつぶされた肉も売られていた。肉は黄土や黄麻のような色になることがあるが、ここではそういう色をしていた。少し離れた場所には汚いテントがあり、骨董品が並べられていた。基本的には日用品で、何世紀も前から使い古され修理を繰り返してきたような道具類だった。店員たちは喉の奥から鋭い声をしぼり出し、値段を叫んでいた。そのすさまじく耳障りな声で客の気を引こうとしていた。この雑多な声に手を叩く音が混じり、さらには即席の打楽器、つまり鍋の蓋やブリキ缶やコンテナ缶を叩く音が定期的に割りこんできて、その騒音はすぐさま苛立たしいものとなった。しかし群衆はそんなことは気にかけず、別の法則に従って、いかなるリズムもなしに自然と波打っていた。彼らはほとんど隙間なく密集し、そこに主流と支流、大渦と小渦を生じさせていた。流れの激しさゆえ、集団に流される以外に移動する術はなかった。店員と交渉するためには、この人波に必死に逆らい、品物が並んでいる台にしがみつき、その下にもぐりこもうとしなければならなかった。ただし、台の下も移動するには問題が多い場所だった。というのも、乞食商人たちのほとんどはそこで商売をしていたからである。そのような商人たちは、たとえば肉売り場では脂身だらけのくず肉や内臓の切れ端や豚の皮などを売っていたし、中古金物売り場では半分に折れた釘やぼろぼろになった金具や空き缶の底にたまったやすり屑と錆などを売っていた。一番よい方法は、最前列を身をかがめたまま突っ切り、その後に立ち上がることである。肉屋の店台の反対側に抜けられれば、すぐさま肉屋に追っ払われなければの話だが、横柄で嫌味な態度の店員たちに値段を尋ね、肉の質や量について口論をはじめることができる。そこは騒がしい闇の中で包丁が舞い、屠殺屋の親方や臓物屋がのさばっている場所だ。空気は血や、野鳥狩りのハンターたちや、獣の肉を包んでいたひどく汚い布のにおいがただよっていた。私は店員でも客でもなかった。私が「私」と言うとき、それは当然、クリリ・ゴンポのことである。私は十二分間与えられていた。少女は迷いのない足取りで私に向かってきた。まるで私のことを知っているかのように、ずっと私を待っていたかのように、かつて私を情熱的に愛したことがあり私を待ちわびていたかのように、ずっと前から私を愛し続けてきたかのように、明白な事実も身近な人たちの言葉も無視し、私は死んではいないのだと、あるいはいつの日か死を逃れて戻ってくるのだとかたくなに信じてきたかのように、長い別れの後に、とてつもなく長い旅の後に、私がとうとう自分のところに戻ってきたとでもいうかのように、彼女は私に向かってきた。私はある店の近くに立っていた。その場所はコンクリートの柱によって荒々しく無秩序な群衆の流れから守られていた。そのみすぼらしい露店では、一人の男が鶏の頭やライターやバッテリーといった貴重品を売っていた。ヴァルヴァリア・ロデンコの声明が録音されたカセットテープもあった。まだ八分残っていた。ヴァルヴァリア・ロデンコが、ひどい音の携帯用テープレコーダーから扇動的な文句をがなり立てていた。少女は人ごみをかき分け、私のすぐそばまでやって来た。彼女は痩せており、その動作も体つきも生命力にあふれていた。それに南方の生まれらしい筋肉質の顔をしていた。その鋭く潑剌とした目は真っ黒で、強烈な光を放っていた。彼女はそれまで、幻覚にとらわれているかのように迷いのない態度を示していた。ところが私の前にやって来ると、激しい感情がこみ上げてきたようだった。彼女の唇からおそるべき沈黙が漏れ、頰は震え、涙が視線を濡らしていた。しかし、やがて落ち着きを取り戻した。彼女は一瞬ためらった。言葉を口にしたくなかったのだ。奇跡を断ち切りたくなかったのだ。おそらく彼女は、いま起こっているこの出会いの現実性を疑っていた。そして突然、彼女は我々二人が実在しているということが信じられなくなったようだった。彼女は群衆に三、四メートルほど押し流され、私の手の届かない場所に運び去られた。しかしほとんどすぐに戻ってきた。そして今度は自分の体を私に押しつけてきた。彼女が身につけていたのは、雑踏で他の人たちのぼろ着とこすれ合い、垢と埃にまみれて傷んだドレスだけだった。ついていたボタンはほとんど引きちぎられ、生地は斜めにほつれていた。彼女はそれを最後まで破ってしまい、裸になって私に体をくっつけてきた。

私自身、上半身はぼろをまとっているだけで、その下は裸だった。彼女は溜息をついて私の背中に手を回した。手をしっかり固定し私を抱きしめた。私たちは一言もしゃべらず、きつく抱き合っていた。彼女の燃えるように熱い胸が私の胸に押しあてられるのが感じられた。私はシャツのすそを脇にどけた。彼女のむき出しの乳首がごわごわした布地で傷つくことを怖れたのだ。彼女は私がシャツをどかすことができるよう身を引いたが、その後でさっきよりも強く私に抱きついてきた。彼女は眠っている人のように呼吸していた。私たちの汗は混じり合っていた。やがて市のけたたましいざわめきや、耳をつんざくようなかん高い客引きの声にもかかわらず、密着する二人の体、ぴったり重なったりずれたりする二つの肉、そして混じり合う汗が生み出す、停泊中の小舟のような音が聞こえてきた。それは抱擁する恋人たちが立てるさざ波の音、愛の音だった。私はそのような音を聞いたのだった。私たちの隣にはヴァルヴァリア・ロデンコのカセットを売っている男がいた。その男は、この三百歳の女が壊れた拡声器に向かって倦むことなく叫んでいる蜂起への呼びかけを私に聞かせようとして、袖をひっぱった。そして突然、あけすけにこう打ち明けた。「私もね、妻を愛撫したり、妻の上に乗ったりしているときに聞こえる、あの奇妙な音が好きなんですよ。丸木船の音みたいな夜のささやきがね」時は流れ、すでに十分が経過していた。私はその店員に返事をしなかった。私は返事をしなかったし、私を別の男と取り違えているこの女をどうやって慰めればよいかわからなかった。どうすれば彼女の信じやすさ、彼女の勘違いにつけこむことなく、彼女を助けることができるのか、私にはわからなかった。私はある質問をすることにした。まだ肺に空気は残っており、一つの文を発声するくらいはたやすいことだった。私は彼女のうなじに向かってささやいた。「教えてくれ、君は誰なんだ？」彼女は飛び上がりはしなかったが、頭を引いて私の顔を見た。彼女は私の目を探し、それを驚きとともに覗きこんだ。彼女は言った。「私はリディア、リディア・マヴラーニよ。でもあなたは……どういうことなの？……あなたはイザク・マヴラーニじゃないの？　あなた……自分がイザク・マヴラーニだってこと覚えてないの？」私は何も言わなかった。どうやって彼女の苦しみを和らげればよいのか、どうやって彼女の混乱をなだめたらよいのか、私には想像もつかなかった。これから何が起ころうとしているかもわからなかった。少女はひどく震えはじめた。私にはまだ一分以上残っていた。長すぎる時間だった。

私たちの背後では、依然としてヴァルヴァリア・ロデンコが、なぜ資本主義者たちを殺すべきなのか、なぜドルの流通と手を切らなければならないのか、なぜ博愛に基づく社会を再建しなければならないのか、聴衆に向かって説明していた。
リディア・マヴラーニは錯乱した目で私を見つめていた。
とてつもなく長い一分間だった。

17 ヤリアーヌ・ハイフェッツ

レティシア・シャイドマンは、孫のヴィル・シャイドマンが銃殺刑を堂々と受け入れられるよう、彼の口に発酵したラクダの乳を二杯流し入れると、その場を離れ、自分の射撃位置についた。ヤリアーヌ・ハイフェッツを含む他の祖母たちも死刑囚に近づき、彼に飲み物を与えた。ヴィル・シャイドマンは抵抗しなかった。彼は、それらのかすかに震える捧げ物――山羊の乳の酒、ヤリアーヌ・ハイフェッツが差し出した馬の乳の酒、そしてまたもや三度の蒸留を経てつくられたラクダの乳の酒――を受け入れた。液体は容器をあふれ、彼の口の端から流れ出し、胸を、腰を、さらには脚を濡らした。何度も苦いげっぷが出て、彼は咳きこんだ。しゃっくりが出て、すでにベルトのところまで汚れていたシャツの上に大量のヨーグルトを吐いた。老婆たちはレティシア・シャイドマンに倣った。つまり彼の面前で、適切な距離をおいて、銃を手に草むらに寝そべった。

こうした飲み物の助けがなかったら、おそらくシャイドマンは自分の未来を悲観していたことだろう。しかし飲みこんだ液体が効果を発揮し、彼は暴れたり祈りや呪いの言葉を叫んだりする代わりに、酔って朦朧となりながら周囲を眺めていた。彼は運命を受け入れており、不安は感じられなかったし、表情も落ち着いていた。彼はまだ少し暗い空を見つめ、凝乳のにおいを吸いこんだ。そのにおいは、彼の身体と服のにおい、糞のような苦悩と汗にまみれたにおいに混じり合った。彼はいま生まれたばかりのように、あるいはむしろ意味のあるものなど何一つないかのように、目を細めた。おそらくは酩酊の影響で、皮膚病によるかゆみは忘れることが可能なまで軽減していた。彼は実際にかゆみを忘れており、体をかこうとしていなかったし、自分を縛っているロープの下で身をよじらせたり、夜のあいだに成長して紐のように垂れている肩の皮膚を取り除こうとしたりしていなかった。彼はほとんど動かなかった。彼は処刑柱にぐったり寄りかかっていたが、その柱は、延々と続いてきた裁判のあいだずっと彼を支えきたので、しばらく前から彼の身体の自然な延長物、彼の第二の背骨と化していた。それはしっかり固定されており、第一の背骨よりずっと頼りになるものだった。彼はぐったりしており、しきりにげっぷを出していた。

空は澄んでおり、少しばかりの雲と最後に残った二、三個の星が見えた。まだ少しばかり暗い色のステップが果てしなく広がっていた。見渡すかぎり単調なそのステップは、しかし永遠に生き続けたいという叙事詩的な願望を喚起した。草地と雲のあいだのどこかで姿の見えない鳥が鳴いた。荒々しい風が何度か吹き抜けた。それからすべてが静まり返った。やがて太陽が現れ、昇りはじめた。

ヴィル・シャイドマンはいま、処刑が執行されるのを待っていた。処刑は夜明けというより日の出を待って執行されるのだと、彼は聞いていた。

数ヶ月を経て彼は立場を変化させ、裁判員たちの見解を全面的に受け入れるに至った。しまいには、彼はもはや自分を弁護しようとも情状酌量に訴えようともしなかった。それどころか、彼は原告側と意見を同じくしていた。発言する機会があると、次第に自分を罵倒することが増えてきた。自分が先祖を裏切り、ひいては人間社会全体を裏切ったことを彼は認めていた。かつて養老院〈まだらの麦〉で、老婆たちが彼を救世主に仕立て上げる計画を立てたのだった。自分たちではもはや不可能なことを彼にやらせるため、彼に生を授けたのだった。「破滅へのカウンターをゼロに戻すことを期待して、あなた方は私を生み出したのだ」と彼は言った。「私が新しい仕組みを作り上げ、麻痺していたシステムの歯車をふたたび作動させることをあなた方は望んだ。世界にはびこる悪人どものシステムを放逐するため私を世界に送り出したのだ」ところが老婆たちが彼を懐胎し、彼を縫い上げ、彼を教育した結果、彼は敵の復活を手助けし、資本主義という制度を再建しようとしたのだった——かつてまだ若かりし頃の彼女たちが永久にその機能を停止させることに成功した、不正と不幸にまみれたこの時代遅れの資本主義というシステムを。「したがって、被告に対しては極刑の中でも一番厳しいものを適用することを要求する。あなた方に対してヴィル・シャイドマンが犯した裏切りに値する罪を私に与えてほしいのだ」と、彼は強く求めた。「私をただの害虫だと思わないでくれ。私を資本主義マフィアの首領だと、その最高指導者だと見なしてくれ」しかし老婆たちはとりわけ人道に反する罪ゆえに彼を罰したのだった。人類をふたたび市場主義社会というおぞましい道に送り出し、マフィアたちや銀行家たちや戦争屋たちの支配下に置いたがゆえに彼を罰したのである。「人類を野蛮な状態へと後戻りさせたことは、自覚している」と彼は嘆いた。「人類はあのときすでに破滅の淵にあり、ほとんど消えかけていた。しかし少なくとも金持ちどもとその手先は永久に追放されていた。まさにそのとき、私は資本主義の残酷なカオスを再導入し、貧乏人を金持ちどもとその手先の手に引き渡したのだ」彼は続けた。「自由を手にするために払われた犠牲と死にものぐるいの闘争の数世紀を——単に犠牲と言うだけでも十分だが

——、私はたった数年で台無しにしてしまったのだ」

命を投げ出した数々の無名の人々、知られざる犠牲者たちが、老婆たちの声を通じて、そしていまやヴィル・シャイドマンの声を通じて語っていた。彼らの誰もが、見せしめの罰を要求していた。ヴィル・シャイドマンは、自分自身に対していかなる容赦もない告発を行った。

「私は殺される価値もない。肥溜めの中でつるはしの一撃で殺される価値すらない」と彼は言った。「これほど重大にしてこれほど明白なる歴史的不名誉の責任者には、手っ取り早い罰では甘すぎる。投石による死刑も、銃殺刑も、私が犯した罪を罰するには甘すぎるのだ。私のために、死よりも苦しい罰を考え出してほしい。私のために、永遠の懺悔と彷徨よりも悲惨な罰をつくり出してほしい。私を地獄に閉じこめ、いかなる理由によってもそこから出さないでほしい。そして星々の光がついに消え去るまで、私に同情する者が現れないよう対策を講じてほしい」

裁判も終わりに近づいた頃、老婆たちが彼に発言を許すたび、彼はこのように繰り返した。彼がこうした演説を行っていた一方、彼の皮膚はますます変形していった。彼は処刑柱に縛られたまま、自分自身の汗や嘔吐物や小便のにおいにまみれていた。

処刑の執行を任せられた老婆たちが、約二百五十メートル離れた射撃位置についていた。彼女たちは腹這いの射撃手の姿勢をとっていた。シャイドマンがいる場所からは、色が抜けた髪の毛や額につけられた飾りや赤いヘアバンドや羽と真珠をあしらった帽子などが見えた。しかし老婆たちの顔は草に隠れて見えなかった。そのさらに向こう側には、陽光がテントの上に魅力的な模様を描き出していた。老婆たちの後ろには、静かに草を食んでいるラクダと羊も見えた。一瞬のきらめきにより、レティシア・シャイドマンがシャーマニズムの儀式やインターナショナルの祭典の際に額につけていた金属板の存在に彼は気がついた。彼女はそれを、孫の受胎がはじまったとき養老院〈まだらの麦〉に持ってきたのだった。それからヤリアーヌ・ハイフェッツのカービン銃とオルメス姉妹の二丁の小銃が見えた。

今日は七月十日だった。

羊たちの上空では、一羽の鳥が、羽ばたきながら同じ位置にとどまっていた。その鳥はときおり乾いた鳴き声、あるいは鋭い鳴き声をすばやく発した。

それから最初の銃声が響いた。おそらく最初に撃ったのはヤリアーヌ・ハイフェッツである。

ここからフブスグル湖は遠かった。それは地平線の向こう側、広大なタイガの向こう側にある。しかし、水辺に生息する鳥がここまで迷いこんでくることはあった。鳥はその気ままな遠征のあいだ、こうしてすばやく鳴くのだった。その鳴き声はとても鮮明で、とても美しかった。

18　イウルガイ・トタイ

ヴィル・シャイドマンの処刑を目撃していた動物として、テントの周囲で草を食んでいた反芻動物たちを挙げることができる。彼らはヴィル・シャイドマンが自分たちの乳を吐き出している処刑柱の方に、まんざら無関心でもなさそうに、ときおり目を向けていた。しかし、特筆すべきなのはフブスグル湖原産の鳥が一羽いたことである。それは渉禽《しょうきん》の一種で、いたずら好きな性格であり、その独り善がりなふるまいのため仲間内では嫌われていた。その日の朝も、処刑場の上空を小さな円を描いて旋回したり、ラクダやオルメス姉妹の頭上で空中に静止したりして遊んでいた。やや貧弱な尾羽がその優美な姿を損っていたが、それは大したことではなかった。彼はここから四キロほど離れた小さな沼のほとりで夜を明かした。猛禽に似た飛び方をしていたが、それは獲物を見つけるためではなく、好奇心を満たすためだった。彼はアオアシシギであり、生まれてからすでに二度移動していた。秋には南方の黄色い泥の水辺で冬を越すため――その近くにはかつていくつかの港町が栄えていたが、いまでは泥に埋もれて誰も住んでいなかった――、モンゴルと中国の広大な領土を斜めに横切った。そして春も半ばになると、孤絶した場所にある湖や高地のタイガといった彼が愛してやまない風景――彼の仲間はそうした場所に住むことを避けていたが――の中に戻ってきた。それは脱走した徒刑囚や胸の毛が赤い熊や工業都市の廃墟を永遠に捨てた放浪者たちにとっては親しい風景だった。この夏は自分にふさわしい伴侶が見つからなかったので、彼は旅立ちを決意した。ふたたびメコン川や珠江に移動する前に、七月は高原で過ごすことにした。アオアシシギの世界では、この渉禽類の鳥はイウルガイ・トタイという通称で知られていた。

ヤリアーヌ・ハイフェッツのカービン銃がうなりを上げるのが聞こえ、その瞬間、ヴィル・シャイドマンの頬の横で木っ端が飛び散った。時をおかずオルメス姉妹が引き金を引き、一斉射撃がそれに続いた。レティシア・シャイドマン、リリー・ヤング、ソランジュ・バッド、エスター・ヴンダジー、サビア・ペレグリーニ、マグダ・テチュケが発砲し、また草に隠れていたので誰なのかわからなかったが――丈の低い草ではあったのだが――、それ以外にも何人か数百歳の老婆たちが発砲した。それから最後の発砲音、ナヤジャ・アガトゥラーヌの銃の音が一発聞こえた。銃弾は死刑囚から数十センチのところを空気を震わせて通り過ぎた。彼はもう動いておらず、しゃっくりも止んでいた。明らかに酩酊していたにもかかわらず、自分がいままさに忘れがたい瞬間を体験していることを、彼ははっきり意識していた。

イウルガイ・トタイは西に向かって移動し、ゆらゆらと翼を羽ばたかせた。すり鉢の底をなぞるように滑空し、減速すると空中に静止しているように見えた。彼が属している種としてはきわめて異常なこの飛び方を、彼はノスリの動きを観察し、それを自分の体型と骨格に応用することで身につけたのだった。彼はリリー・ヤングの頭上で静止し、彼女が誰にともなく問いかけるのを聞いた。

老婆たちは、銃の遊底から熱くなった薬莢を排出した。彼女たちは狙撃手の姿勢のまま腹ばいになっていたが、標的を外したことで全員がうろたえており、次の一斉射撃をためらっていた。彼女たちの鼻孔の下には火薬の煙がただよっており、若いにがよもぎの香りや、いま彼女たちが寝転がっているのと同じ場所で何ヶ月も夜を過ごしてきた雌羊や雌ラクダのしつこい小便のにおいと混じり合っていた。

リリー・ヤングはヴィル・シャイドマンについて語っていた。いまやしばしば穴だらけでひび割れた、しかも時間とともにその穴やひび割れが増えてきた自分たちの記憶について語っていた。彼女は唐突に、自分たちの記憶が完全に消滅しつつあるとき、その記憶を取り集めることができるのはシャイドマンだけだと主張した。

「あら、リリーったら、またはじまったねえ」と誰かが言った。

「我々が何者なのか、誰が教えてくれるというんだい？　我々自身にもそれがわからなくなってしまったら、もう誰も我々を知らなくなってしまったら？」とリリー・ヤングは問いかけた。「我々がいかに正しき人々の文明の中で生きてきたか、それが完全に消滅してしまうまで我々がいかにその文明を発展させ、そして守ってきたか、誰がそれを我々に語ってくれるというんだい？」

「ああ、はじまったねえ」とエスター・ヴンダジーが評した。

「止まりそうもないわよ、リリーは」とソランジュ・バッドがつけ加えた。

「誰が我々に代わって我々の人生の総括をしてくれるというんだい？」リリー・ヤングは続けた。「我々の長い人生に起こった細かな出来事を、ヴィル・シャイドマンをおいて他の誰が語ることができるというんだい？　我々の若かりし頃を、我々の没落と破滅を、養老院への監禁を、他の誰が追体験させてくれるというんだい？　それから抵抗運動、養老院での暴動、蜂起への呼びかけ……。誰がその光景を描き出せるっていうんだい？」

イウルガイ・トタイは高度を落とした。彼はすべてを聞いていた。老婆たちのにおいを嗅ぎ、ステップ地帯に住むバッタやテントウムシが彼女たちの首元や腰を這いまわるのを見ていた。老婆たちは議論していた。四、五人はすでに銃を置き、地面に横になって野生の大麦の穂を噛んでいた。ナヤジャ・アガトゥラーヌはパイプに火をつけた。処刑柱にくくりつけられたヴィル・シャイドマンは、まるで居眠りしているかのように頭を揺らしていた。

「いったい誰が、生き残った人間たちに説明できるっていうんだい？　我々がここで何をしているのかを？　ただ死んでいるんじゃなく何かをしているってことを？」とリリー・ヤングは問いかけた。

「あの娘が話しはじめると止まりゃしないって本当なんだね」とマグダ・テチュケが言った。

19　バシュキム・コルチマズ

バシュキム・コルチマズは、一気に眠りから抜け出し、目を開いた。周囲は暗くはなかった。空に月が居座っていたためだ。彼はベッドの上で身を起こし、先ほどまで見ていた光景と連続性があるものを探した。彼ははるか遠い過去、資本主義が再建される以前に戻り、生涯の恋人、つまりソランジュ・バッドの夢を見ていたのだった。それは若く魅力的だった二百七十二年前のソランジュ・バッドだった。彼はふたたび彼女を愛し、かつてのように彼女の服を脱がせ、彼女との恋愛のあいだずっと二人の関係を支配していた調和《ハーモニー》、ほとんど痛切なまでの調和《ハーモニー》を取り戻した。かつて二人が愛し合う中でのめりこんだめくるめく快楽とぞくぞくするような沈黙を取り戻した。そして目覚める直前、精液で自分の腹をよごした。

彼は時刻を確認した。小型の振り子時計が午前二時を示していた。彼は馬毛のマットレスを後にし、二、三歩歩いた。ガラス代わりの四角いぼろ切れをめくり、窓の外を窺った。少量の冷たい精液が左の太股を数センチメートルつたって固まった。彼の声はかすれていた。乾燥がつらかった。顔の近くにあるぼろ切れが不愉快だった。その布にはまったく柔軟性がなく、ちょっとでも触るとその布がそれまで屋内への侵入を防いでいた砂や金属の粒が落ちてきた。彼は咳払いをした。昨晩は日没前も日没後も大量の粉塵が通りに降りそそいだ。五階下の暗闇の中で発情期の猫たちが鳴いていた。猫たちはたまに相手に飛びかかり、狂ったように取っ組み合い、最終的には交尾か死に至るのだった。壁のセメントはまだ竈のような熱を発していた。気温は日没から三度も下がっていなかった。最近、正面の建物に一人の浮浪者が越してきた。掃除の音や物ががちゃがちゃぶつかる音が聞こえ、しきりに動きまわっている様子が窺えた。その男は部屋を片づけているところだった。おそらくコルチマズの住居より砂の侵入がひどかったのだろう。

人が住んでいる地区は減ってきたし、最後の停電以来、誰も電気を復旧できなかったので、電灯は一つもついていなかった。建物の上に丸い月が昇ってきた。月はドゥージエム＝ヴルベル大通りと倒壊した家々、プルミエ＝ヴルベル大通りの巨大な亀裂を照らしていた。

コルチマズは窓を離れ、べとつく下腹部をきれいにしようと思った。体を拭きながら、彼は恥ずかしくなった。夜中に精液で体をよごすと彼はいつも落ちこんだ。思い出せるかぎり、ずっと以前からそうだった。あの収容所と監獄の時代、生が諦念の中で送られ、もはや肉体的な価値も精神的な価値もまったくどうでもよかった時代でさえそうだった。こうした無意識の射精を、適当に科学的な理由をつけてあっけらかんと受け入れることができる人もいる。しかしバシュキム・コルチマズはこのように性的な欲求不満を定期的に際立たせる自分の肉体が恨めしかった。夢の中でソランジュ・バッドに再会したという事実も、この自制力のなさがもたらす屈辱の埋め合わせにはならなかった。

ソランジュ・バッドが出てきた夢の記憶は細切れになり、もはや引きとどめておくことはできなかった。彼は体を動かすのをやめた。しかしすでにほとんどすべてが消え去ってしまい、後には郷愁だけが残っていた。彼はエロティックではない別の夢に出てきたソランジュ・バッドの姿を思い浮かべた。二百七十二年前の若い娘が霧の中を彼に向かって歩いてきた。彼女はヤクート族の王女のような服装で、頭を包んでいる頭巾から覗く顔はよく見えなかった。それが本当にソランジュ・バッド本人なのか、それともコルチマズの記憶がソランジュ・バッドと混同した誰か別の女なのか、それを知ることは不可能だった。

通りの反対側では、依然としてあの名前もわからない浮浪者がほうきで砂を掃いたりシャベルで砂をかいたりしていた。それは闇に包まれた静寂の中では異様であり、注意を引きつけた。

この不眠症の男に名前をつけてみようか？　コルチマズはそう思った。彼はまた窓枠にたまってきたざらつく砂礫に肘をつき、どんな名前がよいか考えはじめた。ぼろ切れが彼の肩に触れてうなじがよごれた。

そうだな、あいつをロビー・マリウティーヌと命名してみよう。彼はそう考えた。いますぐあいつのところに行って、ソランジュ・バッドの噂を聞いたことがあるかどうか尋ねてみよう。

彼は服を着てドアに向かったが、そこで躊躇した。さっきとは別の猫の集団が階段のところで鳴いていた。それから長い静寂がやってきた。

コルチマズはノブに手をかけたが、ドアを開ける決心はつかず、部屋の中に戻った。ぼろ切れを下ろしていなかったので、月光がこの殺風景な空間とそこに置かれているわずかばかりのもの――釘や洗濯ロープにつるしてある服、何枚かの袋、薄っぺらいマットを二枚敷いたベッド、プラスチックの洗面器――を銀色に染めていた。窓枠から入ってくる光は、ベッドの横に不完全な長方形をぼんやり描き出していた。

ちょっと待てよ、とコルチマズは考えたのだった。おれはロビー・マリウティィーヌのことを何も知らないじゃないか。水を出してくれて、二人でソランジュ・バッドについておしゃべりする代わりに、あいつは闇にまぎれておれを切り裂き貯蔵庫で干し肉にするつもりかもしれないじゃないか。

窓の前で珪砂が雲のように舞っていた。それは四方八方に飛散し、微細な灰色の輝きをちらつかせていた。幻想的というのではなかった。それはむしろ健康に害がある証拠だった。とはいえそれらの動きは興味深く、この細かい光の散乱に夢中になってしまったので手探りで道路まで降りて行って知らない男と会話するはやめておいたのだ、という口実ができた。

コルチマズはもう一度ベッドに座った。それから埃のダンスを眺めたり夜の物音を聞いたりして過ごした。猫たちはどこかへ行ってしまった。ロビー・マリウティィーヌはすでにアパルトマンの掃除をやめていた。コルチマズは落ち着きを取り戻した。ドゥージエム＝ヴルベル大通りでは、いかれた男が誰かに嚙まれたと言って騒いでいた。その男は一分間ほど泣きながら文句を言っていたが、次いでその声も無の中に呑みこまれた。新富裕層の誰かが使っている発電機が遠くでうなっていた。コルチマズはあまり胸が傷まないよう気をつけながら、二百七十二年前のソランジュ・バッドのことを考えた。そして月がカナル通りのビル群の後ろに隠れると、もう一度眠った。

20 ロビー・マリウティィーヌ

いっとき想像していたのとは違って、ロビー・マリウティィーヌは人食いではなかった。彼が新富裕層の人間ではなく、彼らの支持者でもなければ資本主義の支持者でもないという事実も、早々に確認がとれた。つまり彼はつきあってもよい人間だった。私は十昼夜ほど彼の行動を観察してから、向かい側の建物の三階にある彼の住居を訪れた。私が一人称を用いるとき、原則として私自身を、つまりバシュキム・コルチマズを指していることは理解していただけるだろう。

当初から我々の交際に険悪な雰囲気は一切なく、ある種の親密な友情に満ちていた。それは天変地異以後、あるいは世界革命のはるか以前、乞食たちのあいだで育まれた友情と同じものだった。

マリウティィーヌは、地球上の風変わりな土地をあちこち渡り歩き、各地で豊富な経験を積んでいた。しかし彼は、そうした自分の知識を、月並みな話題や周到なごまかし、それに記憶違いがちりばめられた会話の背後に隠してしまうのだった。彼は目立たないように生きることを望んでおり、頭の中に詰めこまれた記憶の華々しさ、あるいはおぞましさ——それは壮絶なものだったはずだ——を他人に押しつけることを好まなかった。辺境や異国の楽園と地獄を経巡り、そこから帰還することに成功した彼が学んだ教訓の一つが、口をつぐむということだった。彼は知っていた。言葉というものは生き残った者を傷つけ、生き残らなかった者を苛立たせるということを。イメージを共有するのは困難だということを。よその土地についての話はすべて自慢話か泣き言と見なされてしまうということを。とはいえ彼は、知識を外に漏れないよう封じこめておくことには抵抗があり、それに結局はその知識を披露することを誰にも禁じられはしなかったので、月に二回のペースで講話の会を開いていた。

マリウティーヌはフブスグル湖の西側で話されているモンゴル語方言を使っていた。しかし彼は言葉を派手に変形させて話した。彼はロシア語や朝鮮語やカザフ語から単語を借用していた。三百年前に収容所にいた頃、彼はこれらの言葉を使っていたのである。そして、おそらくはダルハド語だったと思われる彼の母語にそれらの言語が取って代わった。

彼はこのややこしい混成語で講話を行っていた。

彼の講話には二つの演題があった。「ルアン・プラバン　胡蝶と寺院」および「広州への旅」というのがそれであり、彼は話を聞きに来た人たちにお茶をふるまいながら、一度の会でこれら二つの話を立て続けに語った。彼は多くの人がこの魅力的な催しに集まることを期待していた。「魅力的」というのは私の正直な感想である。というのも、たしかにかつてこれら二つの都市は訪れる価値があったのだし、今日でも言葉によって追体験する価値があるからである。しかし彼の努力は実を結ばなかった。そうした出来事に立ち会いたいと申し出る者などこれまで一人もいなかったし、講話が行われる夜になっても会場はがらがらだった。

私は彼の話を毎回聞きにいった。彼はこの集まりのために部屋を偏執的なほど念入りに掃除したが、その部屋の中には我々二人しかいなかった。彼はアパルトマンのドアを開け放ち、人々の注意を引くよう赤いリボン飾りやぼろ切れを建物の入り口にぶら下げ、聴衆が迷わず来場できるようにした。しかし階段に足を踏み入れる者は誰もいなかったし、通りを歩いている者さえ誰もいなかった。

まともに講話ができる条件は整っていなかった。そのためマリウティーヌはなかなか話をはじめなかった。私は、きれいになった床に座って静かに待っているあいだ、彼が壁に貼った何枚かの写真を眺めていた。それらの写真は全面が一様に暗褐色であり、何の情報も含んでいなかった。彼はとうとう腹を決め、咳払いをして聴衆、つまり私に声をかけ、いますぐお茶を飲むかそれとも後にするか尋ねた。私は会の進行は彼に任せようと思い、この質問にはっきりと答えなかったので、彼はルアン・プラバンについて語りはじめた。「私自身はラオスに入国することができなかったので、情報は人づてに聞いたものです」と彼は告げた。「しかし確実な情報として、たとえばいくつかの寺院では、信者たちがお供え用の蘭やマーガレットや睡蓮やイランイランの花束を飾るために砲弾の薬莢を使っていたということがあります」彼は砲弾の大きさについては明言しなかったが、両手を広げて真鍮製の砲身の直径を大まかに示した。次いで彼はまた花の名前を列挙しはじめた——それぞれの言語特有の言い回しが頭の中で競合している場合、花の名前のような語彙をきちんと憶えているというのは大変なことだ。それから彼は、この講話のメインテーマに戻った。「ルアン・プラバンには聖器として砲弾を祀っている寺院があります」と彼は言った。話についていくのは大変だった。彼はときに十五秒から二十秒もかけて言葉を探し、朝鮮語のスラングやカザフ語で意味不明なことをつぶやいたかと思うと、ふたたび黙りこむのだった。壁の写真は白黒で、何十年間も雨や太陽の光にさらされたため、何が写っているかわからなくなってしまったのだろう。しかしロビー・マリウティーヌは口頭での描写を補強するため、また演説をより生き生きしたもの、より教育的なものにするため、それらの写真を利用した。彼は写真を参照し注釈を加えたが、写真の方に顔を向けるのはほんの一瞬だけだった。まるでその一瞬の油断をついて聴衆がいなくなってしまうことを怖れているかのようだった。それらの写真はこれ以上ないほど不分明であるがゆえに普遍的なものとなり、人はそれらの写真を眺めることでルアン・プラバンにも広州にも、寺院にも川岸にも、メコン川にも珠江にも区別なく身を置くことができた。かくして二番目の講話が最初の講話とスムースにつながるのだ。広州はグァンジョウと発音しなければならないと、マリウティーヌは力説した。ときには聴衆に積極的な参加を求めることもあり、この中国語の二つの音節を、片方は第三声で、もう片方は第一声で復唱させた。何度も何度も復唱させた。それから少しばかり空疎な社交が行われるお茶の時間になった。我々はもはや口にするにも値しないようなことしかしゃべらなかった。

21 ソルゴフ・モルムニディアン

最初はなかなか信じられなかった。ソフィー・ジロンドがまた私のそばにいるということが。もはや、彼女に会うために夢が特別な仕方で結合するのを待ったり、延々と続くおぞましい地獄を三千年間経巡ったりする必要はないということが。数メートル歩くだけで彼女のそばに行くことができたし、手を伸ばすだけで彼女に触れることができた。そのことに私は驚いていた。私は彼女に向かって手を伸ばし、ダンスに誘うように腕を広げた。私はすぐさま愛する二人の出会いのための仕草、あのうっとりするほど平凡な仕草を思い出した。これまで幾度となく繰り返されてきた、しかしどちらかが相手を欺きさえしないかぎり無限の陶酔をもたらしてくれるあの仕草を。いつまでも待つ必要はなかった。そう望むだけですぐさま彼女の肩や腰を愛撫することができるのだ。そしてついに私は彼女を抱き寄せた。夢でしかありえないような甘美さを感じながら、あまりに長い別れのため用心深くなった私の唇と体へと、私は彼女を抱き寄せた。ソフィー・ジロンドと私はぴったり体を寄せ合っていた。不吉なことは何も起こらなかったし、とつぜん暴力的に二人が引き離されることもなかった。二人の呼吸が混じりあうと、二人の体が服で隔てられているときでさえ生地を通じて自由に彼女の肌を感じられたし、さらにこの身体的な一体感が大して重要でなくなるほど、彼女の記憶を思いのままに感じることすらできた。というのも、二人は言葉の縁で揺れていたからだ。互いの心を通い合わせようとして、一緒に無言で震えていたからだ。私は信じられなかった。以前のように、まばたきするあいだにとつぜん幸福が消え去ってしまうような気がした。「私」と言うとき、私はここでは特にソルゴフ・モルムニディアンの身分を引き受けている。私は現在というものを、一貫性をもって結びつけられた一連の幻想だと解釈していた。こうした幻想は、睡眠や細切れの時間も含め日常生活の平凡きわまりない出来事をまとめ上げており、要するに、実にもっともらしい現実をつくり出しているものだ。しかし、その現実は運命がほんの少し悪い方向に変化するだけで失われかねない。当初、私はすべてを失ってしまうのではないかとたえず怯えていて、そのことをソフィー・ジロンドに話していた。その恐怖を説明しながら、私は泣き出さないよう唇を噛みしめていた。すると彼女は笑ったものだ。その後、ある種の慣れが生じて私の懐疑は弱まりはしたが、それから完全に解放されることはなかった。ソフィー・ジロンドとの生活は静かに過ぎていった。私たちはずっと前から放置されている廃屋や誰も居住権を主張していない家に住んでいた。私たちは悪人や凡人と出会った。彼らは私たちの近くで、私たちと同じように落ちぶれていった。完全に二人だけの状態になることもあった。それはわずかな期間のこともあれば、逆に何年間も続くこともあった。ある時から私たちはほとんど引っ越しをせず、同じ場所をぐるぐる回るように短い距離を移動するようになった。そして赤道近くの川のほとりに行き着いた。そこを離れてふたたび放浪することは考えられなかった。その川の濁った水は、よく湿地や潟湖《せきこ》の増水によって引き抜かれた植物を運んできた。がっしりとした巨大なハマヒルガオやスイレンだった。明け方になると水が引いた河岸に出かけた。私たちは水たまりを避けて歩いた。私たちが近づくと蛇が名残惜しそうに逃げていった。暑さが戻ってくる前の比較的涼しい時間帯を利用して、さざ波の音を聴きながら瞑想した。空が薄汚れた青に変わりつつあった。私たちは手をつないで、大量の汚らしい漂流物、つまり見渡すかぎり川面に広がっている植物が流れていくのを眺めていた。明け方どれくらい歩いてきたかによって、河岸は低いこともあれば、ときには泥の地帯がなかったり、植物が密生していたりした。大地は堆肥のような、あるいはバナナ園のようなひどいにおいを発していた。私たちはそこでフラミンゴの目覚めや動きはじめた小舟を見物していた。遠くに川が折れている場所があり、そこにはまだ靄がかかっておらず、水上の村が見えた。あまり豪華ではない、はっきり言えばかなりみすぼらしいパゴダがその村を見下ろしていた。ソフィー・ジロンドが沈黙をやぶって言った。「ルアン・プラバンには祭壇に聖器の代わりに砲弾が祭られている寺院があるのよ」私はかつてその事実を扱った講話を聞いたことがあり、そしてソフィー・ジロンドはその場にいなかったことを知っていた。そうであれば、私のパートナーの口にこうした言葉を上らせたのは、もっぱら私自身の混乱した記憶なのではないかと思われた。それだけで不安がふたたび頭をもたげるには十分だった。私はふたたび周囲の世界はいかなる確実性によっても支えられていないと考えはじめていた。ソフィー・ジロンドの実在、そして私たちの再会の現実性を疑わなければならなかった。私は唾を飲みこみ、ソフィー・ジロンドの手を握りしめた。そして彼女と共有していると思っていたこの現在について自問した。これまで起こった出来事の順序を整理するため、記憶の中のカレンダーと照合してみた。少なくとも現在を過去に、私の記憶に刻まれている過去に、関連づけることができなければならないはずだった。ところがどんな計算方法を用いてもうまくいかなかった。探求をごく近い過去に限定してもだめだった。私は怖くなり、窮余の一策としてソフィー・ジロンドに訊いてみた。彼女は「しっ、象が怖がるじゃない」と答えた。「どこに象がいるんだい？」と私は尋ねた。私は後ろを振り返った。背後には私たちの小さな家が立っている小さな丘があった。しかし私には、木々を伐採してその森の中の空き地をつくった記憶がなかった。そこにはハーブ園があったが、私には食卓を彩るコリアンダーやミントを育てた記憶がなかった。象たちは耳をばたばたさせて私たちの作物を踏みつけていた。ソフィー・ジロンドはこの悠然たる襲撃にうっとりしているようだった。彼女は突如として、朝日の光の中で、私の手の届かない、私とは無関係な思考と記憶によって生きはじめたように見えた。そして、最初と同じように、すべてがまた信じられなくなった。

22 ナヤジャ・アガトゥラーヌ

空は一日中燃えていた。

鳥は一羽も見えなかった。草原はぐったりとして静まりかえり、蠅すら姿を消しつつあった。フェルト製のテントの近くでは押し黙った動物たちが日陰を探していた。ヴィル・シャイドマンのように場所が悪いと、少し目を開けるだけでまぶしさで目がくらみそうになった。ラクダたちと羊たちは溶けた錫《すず》の湖の上をただよっているように見えた。熱のカーテンの向こう側でテントが揺れていた。老婆たちは地面と一体になっていた。黄色や濃い灰色のきらきら光る穂や草の茎にまぎれて、彼女たちはもぐらの穴に囲まれ、かちかちに固まった動物たちの糞の上でじっと銃を抱えて横になっていた。網膜が焼けてしまうような気がして急いで目を閉じた。さらにまぶたを固く閉じると少しずつ視覚が戻ってきた。内なる闇の中で視覚が戻ってきた。

現在は夜になっていたので、イメージをつくり出すのはさらに容易になった。ステップにはそよ風が吹いていた。その風はほんのわずかな冷気も運んではこなかったが、少なくとも目をくらませることはなかった。

ヴィル・シャイドマンの処刑がはじまってから三週間が過ぎていた。一度目の一斉射撃が失敗に終わって以来、死刑囚は老婆たちに殺されるのを待っていた。老婆たちは彼に銃弾を浴びせる代わりに議論をしていた。処刑柱の距離をもっと近くして処刑を最初からやり直すべきなのか、それともシャイドマンに恩赦を与え後から別の罰を科す方がよいのか、といった議論だった。別の罰とは、たとえば健忘症のために失われつつある彼女たちの若かりし頃の夢を口伝により記録させる、というものだった。結論を出すことは不可能に思われた。祖母たちは朝も夜も射撃の体勢で寝そべり、意見や長い沈黙を交わしながら香草のパイプをふかしていた。ときおり、とりわけ夜には近くの小さな谷で排便するために起き上がったり、乳がたまりすぎて苦しんでいる雌羊の乳を搾りに行ったりする者もあったが、そのような不在もごく短い時間でしかなく、その後すぐ狙撃隊に合流した。彼女らはチーズのかけらを周囲の者たちに配ると、老獪な獣を思わせるすばやい動きでふたたび寝そべった。

三週間。

二十一日間。

ヴィル・シャイドマンが死を前にしながら考え出し何度も反芻した物語の数も、二十一となった。死を前にしながらというのは、星空の下だろうが真っ昼間だろうが、彼の祖母たちはずっとカービン銃を彼に向けていたからだ。それはレティシア・シャイドマン、あるいはヤリアーヌ・ハイフェッツ、あるいは他の誰かの口から発砲の命令がいつまた飛び出してもおかしくないという事実を彼に知らしめるためらしかった。二十一の、そしてまもなく二十二になる奇妙な物語《ナラ》。ヴィル・シャイドマンが一日に一つだけ、あなた方の前でつくり上げてきた物語《ナラ》だ。私が「ヴィル・シャイドマン」と述べるとき、私はもちろん私自身のことを指している。つまりヴィル・シャイドマンはここで、二十二番目の、要約不可能な即興の物語を語っていたのである。目の前にはもはや生をおびやかされた生存者の狂気と死を前にしたまやかしの安らぎだけしかないような状態で、彼は語っていたのである。私はこの文章を、先達たちと同じ精神において、あなた方のためにであると同時に私自身のために彫琢していた。あなた方の記憶が何世紀にもわたる摩耗に耐えて保たれるよう、いつの日かあなた方の時代が訪れるよう、私はあなた方を物語に登場させた。というのも、私はいつもあなた方に十分には協力できなかったが、それでもあなた方の人格と信念に対しては愛情を抱いており、その思いはこれまで何ものによっても損なわれなかったからだ。私はあなた方全員の不死を望んでいた。少なくとも、私の不死よりも強い不死を望んでいた。

私は沈黙した。一匹のバッタが私の脚に飛びついてきた。私の身体は数々の試練によって変形をこうむっていた。神経性の病のために、自分のものではない帯のような皮膚が増殖していた。身体のあちこちで木の幹のような巨大な鱗と疣が肥大化していた。バッタはそこに脚をひっかけていた。

私は目を開いた。夜のステップは星々をひけらかしていた。次いで月が昇ってきた。私は誰かに話しかけたかった。私が描き出した男や女のことで、誰かに話しかけてほしかった。愛情と共感をこめて話しかけてほしかった。「リディア・マヴラーニならよく知っているよ。彼女が生き延びてどうなったか話してちょうだい」とか、「ベッラ・マルディロシアンの消息を教えてほしい」とか、「ヴァルヴァリア・ロデンコの冒険を語るのに集中すべきだわね」とか、「私たちだって同じだよ。あんたが描き出す瀕死の人類の一員だよ。私たちも同じところまで来てるんだ。消滅と非存在の瀬戸際にね」とか、「あんたは正しかった。我々が世界を再建する喜びを永久に奪われていたという事実を示してくれたからね」とか、そんなふうに話しかけてほしかったのだ。しかし、私が物語を語り続けられるよう言葉をかけて励ましてくれる者など誰もいなかった。私はひとりぼっちだった。突然、この事実が恨めしくなった。

バッタは右の尻から分化した皮膚にとまっていた。そいつは二度じいじい鳴くと、私の胸を縛っていたロープに飛び移り、またじいじい鳴いた。

老婆たちは私の前方、平均して二百三十三メートルほど離れた場所で泰然としていた。私は彼女たちに説明してやりたかった。なぜ私が素朴でわかりやすい小話をつくらないのか、なぜ彼女たちのために結末を欠いた奇妙な物語《ナラ》を残す方を選んだのか、そして私がいかなる技術を用いて、彼女たちの無意識に刻みこまれ、しかる後に瞑想や夢において浮かび上がってくるイメージを組み立てたのか、といったことを説明してやりたかった。

そんなとき、ナヤジャ・アガトゥラーヌが私に声をかけてきた。彼女が二百歳の誕生日を迎えたのは二十七年前のことにすぎず、狙撃手に選ばれた者の中では一番若かった。

私は「しかる後に瞑想や夢において浮かび上がってくる……」と語っているところだった。

彼女は立ち上がった。月明かりの下、それまでチョウセンニンジンやブダルガナの茂みの中で縮こまっていた身体を伸ばした。彼女のみすぼらしいマーモット皮のマントが小山の上に現れるのが見えた。背景は闇だったので、無数の継ぎ当てや真っ赤な装身具やウイグル語で書かれたスローガンについて細かく描写することはほとんど不可能だった。老衰のため、フリーズドライ加工されたように小さくなった頭が見えた。その表面がでこぼこした小さな皮の塊は禿げ上がっており、言葉が発せられるたび顔の下半分が星々の光を反射してきらめいた。というのも、彼女は鉄の入れ歯をつけていたからである。

ある特別な愛情が私をナヤジャ・アガトゥラーヌに結びつけていた。私は忘れてはいなかった。養老院で私が胎児だった頃、まだ受胎が不完全で陰謀を企てた老婆たちのベッドの下に隠されていた頃、彼女は仲間内でただ一人、私にマルクス主義の古典だけでなく子供向けのおとぎ話も語り聞かせなければならないと考えていた。

「シャイドマン」と彼女は叫んだ。「その奇妙な物語《ナラ》ってのはいったい何だい？　おまえはそれを使って私らを煙に巻こうとしている。なぜ奇妙なんだい？　なぜ物語《ナラ》は奇妙なんだい？」

私は疲れていた。私は何も答えなかった。疲労で口を開くこともできなかった。かゆみのせいでひどくつらかったが、自分を覆っているぼろ切れのような皮膚の塊、月の引力によってさらに肥大化しているように感じられるこの塊を、私は動かさなかった。熱雷が空を引き裂いた。私は一瞬頭がおかしくなり、老婆たちがふたたび一斉射撃を行い、この件に決着をつけようとしているのだと確信した。しかし、次の瞬間、残念ながらそんなことは決して起こらないことを理解した。また待機がはじまった。私はナヤジャ・アガトゥラーヌに答えてやりたかった。この熱い夜を貫いて叫びたかった。「奇妙さというのは、美に希望が欠けているとき、その美が選び取る形式なんだ」と。しかし、私は口を閉ざしたまま、ただ待機していた。

23　サフィラ・ウリアギーヌ

養老院では視力が低下すると、あるいは暗い夜になると、嗅覚が視覚の代わりになる。〈まだらの麦〉には二つの建物があり、その両方から腐ったキャベツとタマネギを使った料理のにおいがする。大広間をふさいでいる小便がしみこんだソファの上に置かれた馬毛のクッションのにおいもする。ナイトテーブルの上に置かれた入れ歯、黄ばんだ幅木にしみついた茶色い汚れ、堅くなった黒パン、ここではデザートとして食べられている小さなすっぱいりんごのにおいもする。天気がよくなるたび一階の床に撒かれる軟石鹸、大掃除の際には巻いて廊下に出される絨毯の埃のにおいもする。共同寝室で朝に乾かされているゴムマットのにおいもする。冬には揚げ菓子のにおいがする。雪が降る季節には、毎週水曜になると、太っちょのリウドミラ・マトロシアンとその娘のローザ・マトロシアンが揚げ菓子をつくるのだ。秋になると、院長が切り株に生えるキノコから抽出してつくる医薬品のにおいがする。首都から運ばれてきた獣医用の器具のにおいはだんだんしなくなった。というのも、最初は老婆たちの不死性についてさまざまな実験が行われていたが、そのうち研究者はやってこなくなり、あるいは死んでしまったからである。いずれにせよ、研究者たちは、書面のやりとりを通じてのみ老婆たちと関係するようになった。しまいには、彼女たちをあらゆるものから何千キロも離れたこの場所に放置し、特別な看護師を送ってよこした。看護師たちは老婆が周囲のタイガ地帯を離れようとしたら発砲するよう命じられていた。

二つの建物、そしてそのそれぞれの二つの階は、他のにおいも大量に含んでいる。たとえばグラビア雑誌のにおいがする。それらの雑誌の表紙では、コンバインとキャタピラーつきトラクターの美しさが称えられていたり、広大な森林のどこかで地質学調査のボートから撮影されたアンガラ川やアバカン川の写真が載っていたりする。さらに若い女性労働者のグループが取り上げられていることもある。彼女たちは漁場や油井を背景に肉づきのよい体をさらしていたり、原子力発電所の前で大笑いしていたり、屠殺場の前でかわいらしくはしゃいだりしている。二つの建物の中にはまた、我々一人一人の髪の毛のにおいや、リウドミラ・マトロシアンの青いエプロンのにおいがもやもやとただよっている。きゅうり屑や食器を洗った水のにおいもする。左の廊下の奥からはトイレのしつこいにおいが漏れてくる。そのトイレは、完全につまってしまうことはないがいつも流れが悪い。研磨剤やネズミ捕りがしまってある戸棚の悪臭がそれに混じり合う。二つある共用の大部屋では、四色刷りの雑誌よりもタール臭の強い、グラビアなしの文芸誌が放つにおいがする。それらの文芸誌では、賃金をもらって書いている作家たちが、文学終焉以後の文学において幅を利かせてきた緊密な構成で、我々の世代とその直前の世代の悲壮な武勇伝を感動的に語っている。この世代の人間は、誰もが生まれついての勇敢さで、平等主義の理想へと向かう社会のため身を捧げたのだった。戦争や大虐殺や貧困、収容所とその擁護者たちの存在にもかかわらず、彼らはそうした社会を少しずつ築き上げていったのである。彼らは英雄的に行動したが、最終的にはそのような社会は立ち行かなくなった。それはもはや完全に立ち行かなくなってしまった。

しかし、これで全部ではない。不定期に生じるにおいを挙げることもできるからだ。たとえば秋の中頃、セントラルヒーティングを作動させると建物全体に猛烈に広がってゆく焦げた埃のにおい。あるいは春になると、共同の部屋に迷いこんできて壁の上方に狂ったようににぶつかり、養老院の創立者たちの肖像画の上に恐怖と糞をまきちらす鳥たちのにおい。また外から入りこんでくる植物の香りにも触れておかねばなるまい。とりわけ近所のカラマツとモミの木から分泌され、監視塔の上に滴り落ちる樹液のにおいは強烈だ。菜園の奥に建っている監視兵のいないその監視塔は、我々にとって何か目印となるものが残るよう、老境に閉じこめられても若い頃の世界からあまり隔たってしまわないよう、我々が要望を出して建てさせたものである。

こうして〈まだらの麦〉ではにおいのリストは何百もの項目に分かれている。さらに一般的ではないもっと秘められた香り、個人の歴史に密接に結びついた香りをそこに加えることもできる。たとえばヤリアーヌ・ハイフェッツが、夫であるジョルギ・ハイフェッツの手紙が百九十年も前から入っているボール紙の箱を開けるとき、彼女の鼻孔に上ってくるにおいがそうだ。その四通の手紙は、投函された日付はまちまちだが、同じ日に届いた。そしてそれ以降、手紙が届くことはなかった。当時、サフィラ・ウリアギーヌが郵便係だった。彼女は仕分けをする部屋の奥でデリケートな手紙のやりとりを監視していた。彼女はその四つの封筒をわざわざヤリアーヌ・ハイフェッツに手渡しにきた。六月のある土曜日のことだった。それらの封筒をヤリアーヌ・ハイフェッツに差し出しながら、彼女は一言も発することができず、手をぶるぶる震わせていた。二人は血がにじむほど唇を嚙みしめていた。封筒にはトゥングランスクという、当時はまだ開発されておらず、そしてその後消え去ってしまったエニセイ川西岸の町の名が記されていた。手紙の文面からは、仮宿舎の建設が進んでいること、森林の伐採は順調にはかどっていること、ホイバ湖畔をうろついている二匹の熊が目撃されたこと、もう九月だというのに気温は滅多に零下にならないこと、冬には壊血病予防のため大量の松の実や、さらにはモミの針葉さえ手に入ること、すでに食料が足りないときなどそうしたものを齧っている者がいること、などを知ることができた。筆跡はたどたどしく、かすれていたが、エニセイ川の収容所から届く鉛筆書きの手紙はいつもそんなものだった。ヤリアーヌ・ハイフェッツはボール紙の箱を開け、サフィラ・ウリアギーヌが彼女の部屋の呼び鈴を鳴らした六月の午後を思い出す。ハイフェッツが書いたことになっている手紙を顔面蒼白になって差し出す彼女の姿が、いまでも目に浮かぶ。ヤリアーヌ・ハイフェッツはその残された紙束を広げる。古い紙と古いインクのにおいがする。当時サフィラ・ウリアギーヌがつけていたオーデコロンのにおいもする。彼女は愛情のこもった慎重な手つきで、その紙に触れる。そこにはホイバ湖のモミの木を喚起するようなにおいも、やがてトゥングランスクになる予定の場所に丸太が運ばれてゆく凍土の本当の色を想像させるようなにおいも、まったく付着していない。封筒もいまでは黄ばんでぼろぼろに崩れそうな便箋も、嗅覚的な情報をわずかたりとも含んでいない。そもそも、封筒や便箋がにおいを運んできたことなど、これまで一度もなかったのだ。これは奇妙なことだ。そのためこれらの手紙は疑わしいものとなっていた。百九十年前、ヤリアーヌ・ハイフェッツが声をつまらせ身を震わせながらそれらを開封したとき、彼女はすでにこのにおいの不在を異様なことだと思っていた。サフィラ・ウリアギーヌは、彼女の隣で彼女と同じように取り乱し、目に涙を浮かべていた。「あの人の代わりにあなたが、私を慰めるために、この手紙を書いたんじゃないの？」ヤリアーヌ・ハイフェッツは友人にそう尋ねた。サフィラ・ウリアギーヌは郵便物の仕分けをする部屋で働いていたのだから、封筒に細工をしたり、消印を偽造したり、ハイフェッツの悲痛な筆跡を真似ることだってできたはずだ。サフィラ・ウリアギーヌは首を振った。その見事に編まれた黒髪を振った。彼女の答えはすすり泣きだけだった。

ヤリアーヌ・ハイフェッツはボール紙の箱を膝の上に置き、長い時間待ってからでなければそれを開けることを自分に許可しないとでもいうかのように、何時間もそれを眺めている。それから彼女は箱を開け、残された紙片をゆっくりと調べる。いまでは判読できないがすでに暗記している言葉を、そして最後まで残ったにおいを調べる。この紙片によって明らかになるのは、これまでと同じことだ。つまりそれは人間の手で触れられ、皺をのばされ、折り畳まれたということであり、しかしそれに触れたのは彼女自身とサフィラ・ウリアギーヌの手だけだったということだ。

少し離れた場所に、サフィラ・ウリアギーヌが座っている。二世紀前と同じように、彼女は全身を震わせている。「あの手紙を書いたのは本当にあなたじゃないの？」とまたヤリアーヌ・ハイフェッツが尋ねる。「いいえ、私じゃないわ」とサフィラ・ウリアギーヌが、これで一万回目になろうかという否定の言葉を返す。「本当に？」とヤリアーヌ・ハイフェッツは食い下がる。「ええ、誓って本当よ。あなたもわかってるはずよ」とサフィラ・ウリアギーヌは言う。彼女の声は震えている。

24　サラ・クァン

　ここ数週間は学校をさぼっていた。毎朝カナル通りのコリアギーヌ・タワーにある教育センターに向かう代わりに、市《いち》で香草と何種類かの野菜を売っている中国人の女の隣に座って過ごした。私が「中国人の女」と言うとき、それは言うまでもなくマギー・クァンを指している。もう一年も前から、私は運命の一部を彼女と共有していた。私たちの商売はあまりにささやかで、資本主義に対して私がいつまでもいつまでも抱き続けるだろう軽蔑には値しなかった。この商売にはいなかる努力も必要なかった。前日に七階かあるいは古い陸橋の上で薬草を摘んでおいて、それをマギー・クァンが束にして足元にきれいに並べるのを手伝いさえすれば、あとは何時間でも怠けていられた。私がこれまで一緒に暮らしたことのある中国人は全員そうだったが、マギー・クァンもとても美人で、厳格なまでに勤勉で、そして内気な性格だった。私たち二人はもうすぐ六十歳になろうという年齢だった。私たちは、陳列した商品の向こう側を通り過ぎてゆくツングース系やドイツ系の難民、ナナイ族や哀れなロシア人、ブリヤート族やトゥバ族、チベット系の難民やモンゴル人たちを眺めていた。とはいえ人通りは少なく、夢遊病者のように歩いている人が何人かいるだけだった。寂しい時間帯には市はがらがらだった。

私は学校をやめることにしていた。次第に勉強するのが嫌になってきた。新しい内容は頭に入らなかったし、古い知識はまったく伸びなかった。そういうものなのだ。突如として勉学に対する意欲は衰え、好奇心は鈍ってくる。人は堕落しはじめ、しかしそれが悲しいわけでもない。一抱えのホウレンソウの前に座り、パセリを見張っているだけで、人は満足できるのだ。私が「人」と言うとき、それがヤザール・ドンドグを指していることは理解してもらえるだろう。つまり、他ならぬ私のことである。

マギーの姉のサラ・クァンは教育センターを運営していた。彼女とはそりが合わなかった。彼女の授業についていくのはとても大変だったし、これまで私が生きるためにしがみついてきた真実を、彼女が乱暴な仕方で疑問視するのが気にくわなかった。たとえば会話の授業でのことだ。彼女は私たちに、外で起こっていることに注意を向け、そこからインスピレーションを得て何か話すようにと言った。教室に二、三人以上の生徒がいることは

郵便はがき

料金受取人払

板橋北局承認

93

差出有効期間
平成25年7月
31日まで
（切手不要）

1748790

板橋北郵便局
私書箱第32号

国書刊行会 行

フリガナ ご氏名		年齢	歳
		性別	男・女
フリガナ ご住所	〒　　　　TEL.		
e-mail アドレス			
ご職業	ご購読の新聞・雑誌等		

❖小社からの刊行案内送付を　□希望する　□希望しない

愛読者カード

❖お買い上げの書籍タイトル：

❖お求めの動機
1. 新聞・雑誌等の広告を見て（掲載紙誌名：　　　　　　　　　　　）
2. 書評を読んで（掲載紙誌名：　　　　　　　　　　　　　　　　　）
3. 書店で実物を見て（書店名：　　　　　　　　　　　　　　　　　）
4. 人にすすめられて　5. ダイレクトメールを読んで　6. ホームページを見て
7. ブログや Twitter などを見て
8. その他（　　　　　　　　　　　　　　　　　　　　　　　　　　）

❖興味のある分野に○を付けて下さい（いくつでも可）
1. 文芸　2. ミステリ・ホラー　3. オカルト・占い　4. 芸術・映画
5. 歴史　6. 宗教　7. 語学　8. その他（　　　　　　　　　　　　）

＊通信欄＊

本書についてのご感想（内容・造本等）、小社刊行物についてのご希望、編集部へのご意見、その他。

＊購入申込欄＊

書名、冊数を明記の上、このはがきでお申し込み下さい。代金引換便にてお送りいたします。（送料無料）

書名：　　　　　　　　　　　　　　　　　　冊数：　　　冊

＊ご記入いただいた個人情報は、ご注文いただいた書籍の配送、お支払い確認等のご連絡および小社の刊行案内等をお送りするために利用し、その目的以外での利用はいたしません。

ほとんどなかった。私たちは窓まで行き、身を乗り出した。そして雲がまだらに覆っている空と荒れ果てて人がいなくなった通りの瓦礫の山を眺めた。

「みなさんには目をつむる権利もあります」と彼女は告げた。

私は目をつむった。情景は変化したり変化しなかったりした。ときには赤道近くの川のほとりにいたり、ときには永久にすべてのものと無縁になったり、ときには死の淵の向こう側をさびしくさまよったりした。次いでサラ・クァンの前に戻り質疑応答をするというのが、この練習の内容だった。

「私たちはどこにいるのですか？」と私は質問した。

サラ・クァンは、この質問が響き終わるのを待った。そして答えた。

「私の夢の中にいるのですよ、ドンドグ。それが我々のいる場所です」

彼女は厳然たる態度でそう言った。そしてまったく教育的配慮を欠いた、私を否定するような視線をこちらに向けてきた。まるで私の存在にはもはやほんのわずかな価値すらないとでもいうかのように、あるいは私の現実性などいかがわしい仮定にすぎないとでもいうかのように。

こうしたことが学校の嫌なところだった。あいつらは自信満々に、あらゆるものに対する私の確信をいちいち打ち砕くのだ。

サラ・クァンは言い添えた。

「それに私が私の夢と言うときには、そこにお前の夢は入っていないのよ、ドンドグ。私は自分の夢、サラ・クァンの夢のことしか考えていないのよ」

またこれだ。こういう言い方のせいで、私は学校に馴染めなかったのだ。

25　ヴルフ・オゴイーヌ

我々はいまや遠い記憶を呼び戻しはじめているのだから、いっそのこと発端まで戻ってしまおう。記憶の中を手探りするたび、その発端の痛切なイメージが私の前に浮かび上がる。そのイメージはまるで昨日のことのように鮮明きわまりない。私は恐怖と混沌のうちにこの世界に誕生した。私は叫びわめく老婆たちの中に出現した。私は「誕生」や「出現」という言葉を軽々しく使っているのではない。問題となっているのは他ならぬこの私の誕生なのだから。個人的に黒石で象徴させているあの日以来、私にとってはすべてが悪い方向に向かいはじめた。なるほど、いつもひどく悪いわけではなかった。ときにはそれほど悲惨ではない時期もあった。それでも全体としてはやはり悪かった。私は最悪の状態へと、破滅へと向かう流れに乗っていた。そして私はふたたび老婆たちがわめきちらす集団に戻り、そこで一つのサイクルが閉じられた。私の祖母たちが勢揃いしたあの退屈な裁判がはじまった。改悛した私は、全力で有罪になることを目指さねばならなかった。何ヶ月ものあいだ、移り変わる季節の中で、私は上訴の権利なしの死刑判決を勝ち取り、また判決が単なる見せかけにとどまらずただちに執行されるよう、自分に対する告発の激しさを助長した。ところが、すでに見たように、老婆たちはそれを成し遂げられなかった。それでも私は、最終的には生の重荷から解放され、羊たちとラクダたちの前で正々堂々と銃殺されることを望んでいた。地上にはもはや重苦しい観念と重苦しい空とやせ細った草地しか残っていなかった。私は失敗によって死ぬのは嫌だった。しかし私が、権利上は望むことができるはずの起源や終焉を一生与えられないだろうことは、すでに明らかだった。ずっと前からそうだったのだ。私が目覚めた瞬間から、この忌々しい現象は観察されていた。たとえば私が無意識から外へと飛び出したときのことだ。私は、心地よく無を繰り延べている潜在的な領域から一気に離脱し、喧騒に満ちた領域へと入りこんだ。おぞましいことに、後者の領域は一生、死ぬまでずっと続くのである。こうしたある状態から別の状態への移行が目覚めと呼ばれる。私が目覚めたとき、背後には十七人ないしは二十九人、あるいは四十九人の我が祖母たちの不気味な叫び声が響いていた。彼女たちは私の精神に光が灯り、次いで私が元気よく動き出し、自分たちが用意した道にすみやかに飛びこむことを願って叫んでいた。私は冗談で「不気味な叫び声」と言っているのではない。今日でもあの律動的なうなり声、あの呪文の言葉について語るだけですぐさま蕁麻疹《じんましん》ができ、じっとり汗をかいてしまうほどだ。私の祖母たちは全員で合唱し、喉から絞り出された金切り声の歌が陰鬱な声の低音部と重なった。レティシア・シャイドマンは夜半過ぎからシャーマンのトランス状態に入りこみ、大小の鈴――ヤクの頭や若い魔女の頭を戴いた雌馬、あるいは熊のかたちをしていた――がついたタンバリンを叩いていた。レティシア・シャイドマンの隣ではソランジュ・バッドとマグダ・テチュケが踊っていた。それ以外に五、六人の老婆がいたが、何度も目にするのはこの二人だった。彼女たちは超自然的な力によって私を十二個の枕の中から引きずり出した。毎週行われる視察の目をごまかすため、私を枕の中に分散させて隠しておいたのだろう。こうして無の中から私の頭が、私の受肉した身体が、私の内臓が引きずり出された。老婆たちは私の脳を押して、それがちゃんと完成しているかどうか、自分たちの目的に適しているかどうか確認していた。午前八時になっていた。昨夜からずっと誕生の踊りが続いていた。オルメス姉妹の針仕事によって私の身体は傷と縫い目だらけだった。その縫い目は私のやわらかい内臓やさまざまな有機物が入っている嚢《ふくろ》、さらには硬い骨にまで達していた。刺繍の撚り糸が、私の体中に焼けるような痛みを引き起こしながら点を打っていった。それは次第に消え失せるどころか肉に食いこみはじめた。私はまだ完全には目覚めていなかったが、近いうちにこの肉体のせいで苦しむことになるだろうとぼんやり考えていた。ソランジュ・バッドやマグダ・テチュケが、あるいはサビア・ペレグリーニやヴァルヴァリア・ロデンコが激しく踊りながら発するメロディーのない重苦しい音が、私の中の防護壁を、黒々としたタールのような殻を壊しつつあった。その殻の中には、それまでずっと完全に無害な私の死が埋まっていて、私の存在の絶対零度を守ってきた。その死は私の中でも私の外でも何の害にもなってはいなかったのだ。それなのに、すでにサビア・ペレグリーニが、獣に死んで食料になってほしいときのモンゴル人のやり方で私の胸郭に右手を突っこんでいた。彼女の手がにじり寄ってきた。私の死の周囲に爪を食いこませ、真っ暗な障害物を巧みにかいくぐってきた。そして指を折り曲げ私の死を乱暴につかみ取り、それを取り除いてしまった。突然、私の頭蓋骨の中に閃光が走った。それまで続いてきた闇の中での平和な生活は終わった。私はそのとき自分の最初の息吹の耐えがたいほどの熱さを感じていた。「出てくるぞ、出てくるぞ！」と誰かが叫んだ。シャーマンの太鼓の音が激しくなった。ひどく臭い気体が肺の中に押し寄せて肺胞を痛めつけた。気管支が燃えるように熱かった。私は目を開け、初めての光景を味わっていた。色とりどりの服やフェルト帽が、私に向かって飛びこんできてはふたたび飛び去っていった。途方もなく老いた老婆たちがぞっとするような歌を歌い、背筋が寒くなるようなダンスを踊り、私の体をつかんで揺さぶり私を無呼吸状態から引き離そうとしていた。祖母のレティシア・シャイドマンは狂人のようになっていた。祖母のソランジュ・バッドは死者の言葉らしきものをつぶやいていた。祖母のマグダ・テチュケは私に向かって腕を伸ばして叫んでいた。ヴァルヴァリア・ロデンコは好機と見て、平等主義の社会を救済しいまでもこの星のあちこちをさまよっている乞食たちの残党を結束させるために私が今後なすべき務めを長々と朗唱しはじめた。私は真空を求め、自分には適していないこの空気を外に排出した。私はすでに真空の安らぎをもたらしてくれるものを探してもがいていた。それでも生命は私に向かって押し寄せ、私自身の意に反してふたたび私の体を膨らませるため私の肺を動かしていた。すさまじい恐怖と苦痛だった。以上が、できるだけ遠くまで記憶を遡るよう求められたとき、あるいは、たとえば私につきまとって離れない闇の楽園へのノスタルジーの理由を尋ねられたとき、私の心に浮かんでくる光景である――だから私の奇妙な物語《ナラ》の世界で行動し、会話する人物たちも、何かにつけこのノスタルジーに襲われるのである。私は私自身の意に反して誕生した。あなた方は私の非存在を奪った。それゆえ私はあなた方を非難する。私の目覚めは悪夢そのものだった。この事実もまた私を不機嫌にする。私はレティシア・シャイドマンの太鼓の音をまた聞きたいとは思わないし、彼女のかたわらで彼女の収容所仲間にして永遠の共謀者たるソランジュ・バッドとマグダ・テチュケが、大きな別の鳥の動きを真似る鳥のように、あるいは周りから尊敬されるためにはもはやおのれの堕落を見せびらかすしかない天使のように、七拍子になったり二拍子になったり十三拍子になったりする複雑でぎくしゃくしたリズムに合わせて体を動かしているのをまた見たいとも思わない。この野蛮な儀式によって私は出現した。この不死の女たちが私に生命を授けたのであり、私はすべてを彼女たちに負っている。私はそのことを忘れるような恩知らずではない。「この不死の女たち」というのは、もちろんあなた方のことだ。銃弾で私を蜂の巣にする代わりに、私に銃を向けて威嚇していただけのあなた方のことだ。しかし、私があなた方に何を負っていようと、あのはじまりの瞬間と一方的に決められた私の運命については、あなた方を赦すことはできない。私が求めていたことは、私が元々いた場所、つまりどこでもない場所で、歴史を持つことなく眠り続けることでしかなかったのに。私はあの最初の瞬間をいかなる喜びもなしに思い出す。私はすさまじいかゆみと火に焼かれるような感覚に襲われて飛び上がった。私の皮膚は私から剝離し、異様なことにその皮膚に包まれている私と調和していなかった。皮膚が私のまわりではためいているのがわかった。それはほつれた旗やだらりと垂れ下がった布切れや痛々しくおぞましい房飾りのようだった。あのときあなた方は刺繡入りの一張羅を身につけていた。それは一世紀も前から衣装箱に入っていて袖がぼろぼろになった、伝統的な婚礼衣装と古めかしい喪服用のマントだった。それらの服に染みついたヤクの脂と遊牧民の垢のにおいは私の鼻孔を満たし、私を困惑させていたのだが、そのとき私は、私の皮膚は外側に向かって反り返ったばかりか、それらの服をおのれの自然な延長物と見なしているのではないかと想像した。私とあなた方のあいだの物理的な境界は定まっておらず、また永遠に定まることはないのだろうと思えた。私はあなた方の身体の総体、あなた方という共同存在に生じた一つの偶発事にすぎず、私はやがて、人生の終わりにあなた方の集合体に合流し、そこに吸収されるのだろうと思えた。私はそのように考え、恐怖の叫びを上げたが、あなた方はそれを一顧だにしなかった。もっとも、考えてみれば、私の声はまだあなた方まで届くほど十分なエネルギーを備えていなかったのかもしれない。

「来るぞ」と誰かが叫んだ。「産声を上げるぞ！　来るぞ、来るぞ！　太鼓、もっと強く！　叩き続けて！」私が「誰か」と言うとき、私はそれが誰なのか知らない。ただしそれがヴァルヴァリア・ロデンコではありえないことは知っている。というのも、彼女はそのとき私の頭頂部から政治的知識を注ぎ入れていたからだ。そうすることによって、私の知性をなす鑞《ろう》質の物質にすでに何度も刻みこまれてきた知識を完全なものにしようとしていたのだ。最初の自発性が芽生える瞬間から、私があなた方によってあらかじめ敷かれた道をたどってゆくよう、その知識を魔法のように作動させる必要があったのだ。三十秒もすると、他の何百歳かの不死身の老婆たちがヴァルヴァリア・ロデンコを手伝いにやってきた。イデオロギー担当のカタリーナ・ゼムリンスキやエスター・ヴンダジーやエリアーナ・バドラフやブルーナ・エプスタインやガブリエラ・チャンがおり、さらに十数名の同じような老婆がいた。ものすごい喧噪が、頭に埋めこまれたあらゆる管から私の中に入ってきた。その音の中から何か秩序立ったものが、一貫性のある言葉が浮かび上がってきた。老婆たちのかすれた声がこの社会の歴史をたどり直していたのだ——彼女たちの世代がこの星のいたるところで築き上げ確固たるものとした社会、廃墟すら崩壊してしまうほど過酷な時代にあって感嘆すべき自己犠牲によって救った社会の歴史を。私の体の上に熱い息吹とリウマチの手と皺だらけのごつごつした顔が密集し、ドームのようになっていた。あらゆる種類の布地が入り乱れ、口から口へと埃が飛び交っていた。世界革命以前とそれ以後の現実が語られていた。それらの言葉は雹《ひょう》のように私に降りかかってきた。こうして世界全体を襲った災厄を事細かに描写する言葉を、このしわがれた声を私は浴び、一秒ごとに現状に対する理解を深めていった。実のところ、祖母たちは妊娠中に私の頭上で語っていた言葉を繰り返してご機嫌だった。妊娠中というのは、私がいくつもの部分に分けられ、共同寝室の古いベッドの奥、あるいはベッドのスプリングとマットレスのあいだ、あるいは布団や枕で隠された場所に自発性なき状態で存在していた頃のことだ。老婆たちの教えはいまや大きな塊となって私の上に落ちてきた。私は何も考えずにそれらの言葉を吸収していた。彼女たちの声が吹きこむ知識を、この世界を説明するために用いられるさまざまな数字を、私は瞬間的に理解していた。その説明はすべての気力を奪ってしまいかねないものだった。人間たちは現在、ほとんど互いにぶつかることのない希薄化した粒子だった。絶滅寸前の彼らは、何の確信もないまま暗中模索していた。おのれの個人的な不幸と集団を襲う災難を区別することは不可能だった。私と同じように、人間たちは現実と想像の区別がつかなくなり、かつての資本主義体制の残滓に起因する不幸と非資本主義体制の機能不全によって引き起こされる弊害を混同していた。そうしたわけで、老婆たちは世界の未来を、少なくともその主要な部分を私に背負わせようとしたのである。私が託された任務は、身を震わせて勢いよく養老院を飛び出し、あらゆる検問をかいくぐり、タイガを突っ切って首都に到着し、そして指導者たち、つまり現存する最後の権力者たちを抹殺するべく行動することだった。「奴らの首を刎ねてもいいのよ」とヴァルヴァリア・ロデンコはしきりに言っていた。それから老婆たちは、状況に応じて臨機応変に行動すること、大きな動きが生じるまで革命を徹底化することを私に求めた。以上が、人類の生き残りが灰燼に帰してしまう前に私が成し遂げるべく求められたことだった。私はどうにか起き上がった。老婆たちのシャーマンの手が私の体に触れてくるのが感じられた。シャーマンの指が私の中でまだ確定していない部分をしきりにこね回していた。私には子供時代が必要だったので、彼女たちは私のために子供時代の代用品をつくり出した。私にはのびのびした青春時代と夢が必要だったので、彼女たちはおそるべき密度の呪文を唱えることで――呪文の言葉一つが二千四百一個分の夢の光景、三百四十三個分の無邪気にはしゃぎ回る一日に相当するほどだった――、私にそれを与えた。悪臭を放つバター、泡立てたお茶、雌ヤクの小便といった貧しい遊牧生活の記憶がシャーマンの織物によってかき立てられ、私はくしゃみをした。このくしゃみの音は歓喜の波を呼び起こした。私が自立した個体となったことが明らかになったからだ。次いで私は窓に向かって駆け出した。老婆たちは異常なほど興奮し、別れの言葉や革命のスローガンを叫んでいたが、私は彼女たちをかき分け前進した。私はフェルトのジャケットやモンゴル絹のズボンを押しのけた。あなた方の皺だらけの顔や鎖骨のところまで歯が抜け落ちた顔を押しのけた。それらの顔は私が歩き出すのを見て急に嬉しそうになり、未来を信じるような顔になった。それらの顔はまた、同じく急に――これは現在から振り返って言えることだが――美しくなった。私はスピードを上げた。あなた方に促されて窓から飛び出した。草が生い茂る庭を横切った。庭を横切ると展望台があり、そこからカラマツの林がはじまっていた。蜂やトンボや虻が飛んできて顔にぶつかった。私は行く手を遮ろうとした人影を思いきり突き飛ばした。おそらくタラス・ブロックだった。原発の保守点検をしている技師だが、ローザ・マトロシアンに言い寄るためやって来るのに、悪い日を選んでしまったのだ。それから私はあなた方に首都があると聞いた北西に向かって急いだ。私は木立の中に入りこんだ。それは赤いスノキの実と狐やリスの糞がたくさん落ちている雑木林だった。熊だけが通る獣道があり、巨人たちが死後も百年間立ったままでいるような木々が鬱蒼と茂る古い森だった。この孤独な移動が私の心を静めた。すでに午前九時半になっていた。私は樹脂に酔わないよう、また途中で投げ出してしまう誘惑に抵抗するため、つまりタイガで隠者として生きることがもたらす政治的には無価値な喜びに抵抗するため、少しも休憩をとらず、そして必要以上の呼吸はせずに走っていた。要するに、厳密な意味でのはじまりの後に続くこの時期には、私はあなた方の教えに忠実だったのである。私は昼も夜も速度を緩めなかった。時間の経過は十二の満月の位置によって計測していた。タイガには誰もいなかった。タイガは次第に途切れがちになり、それに取って代わった平野がときには何千キロも続いた。道路や集落が目につくようになってきた。私が通り過ぎた町の多くでは、無気力状態に陥っている堕落した人間たちをちらほら見かけた。しかし普通は誰もいなかった。街路は驚くほど静かだったし、立ち並ぶ家々には誰も住んでいなかった。浮浪者たちは隠れ家にひそんでいて、呼んでも返事をしなかった。要するに、我々の言葉で言えば民衆は集うということをしなくなっていた。民衆は消え去ってしまったのだ。羽がなく二本足で歩く住民たちは無に帰してしまったのだ。私は祖母たちと電話で連絡をとっていた。彼女たちはすでに武器を手にし、強力な義勇軍を組織していた。そしてまだ無に呑みこまれていない人々のあいだに政治的モラルを復活させるため、コルモゴロヴォとバンクーバーに挟まれた地域を荒らし回っていた。しかし警戒しなければならないような者には一人も出会わなかったので、彼女たちは、私の改革によっていかに事態が変化したのかを首都まで見に来ようとした。私は説得し、それをやめさせようとした。その後、彼女たちは私が資本主義を復活させたことを知った。その日、私を罰するための訴訟手続きを開始したこと、人民法廷の厳正な裁きからは逃れられないことを告げると、彼女たちはいきなり電話を切った。〈まだらの麦〉の蜂起が起こった後、老婆のうち何人かは安楽死させられた。他の者たちは、地理的にも社会的にも境界線を引くことができなくなったこの無人の大陸にあてどもなく散っていった。一部の者たちはレティシア・シャイドマンに率いられ、私を逮捕するため首都に向かった。さらに、法廷が開かれる予定の場所で私を待っている者たちもいた。そこはフブスグル湖の近くで、世界の中心からそれほど遠くない場所だった。祖母たちが私のために手配した護送車が到着するのを待ちながら、私はこれまでの数十年間に自分がやってきたことを思い返していた。高い地位の役人に接触するのは簡単なことだった。もはやどこでも何も機能していなかったため、野心家たちの競争は魅力を失っていた。無能な者たちでさえ政治的名誉や勲章へのこだわりを失っていた。支配者たちの世界に無気力が蔓延していた。かつて権力と呼ばれていたものを手に入れるには、ドアを開けて椅子に座るだけでよかった。私が私有財産と人間による人間の搾取を復活させる政令に署名したのは、こうした背景があってのことだった。マフィアによるさまざまな腐敗も復活するだろうが、それが集団生活の原理をふたたび作動させ、永久革命の再開をうながすだろうと私は考えたのだった。私はいま、あらためて、それが危険な賭だったこと、それが有害な政令だったことを認める。首都での生活については、語るべきことはあまり多くはない。あるとき一匹の犬がやって来て、私の脚に体をこすりつけた。人なつっこい犬で、ヴルフ・オゴイーヌという名だった。政令に署名した後、数年間続いた不況のあいだ、私たちはずっと友達だった。私は不況という言葉をいいかげんに使っているのではない。大胆きわまりない政策によって復活した市場経済は——私はそれによって少なくともいくつかの分野が活性化することを期待したわけだが——、あらゆる人々にとっていかなる改善ももたらさなかった。ヴルフ・オゴイーヌは毛がごわごわしており、賢そうな目つきをしていた。背骨が少し曲がっていたが、おとなしい雑種犬で、羊飼いが使う犬のような雰囲気があった。私たちは毎晩、展望台に行った。石膏のかけらはあらかじめ片づけておいた。太陽が出ている日は一緒に夕日を見た。あるいは耳をすませ、首都にふたたび商業ネットワークを張りめぐらせようとしている資本主義の音をとらえようとした。人気のない街を前にして私が読んでいる本のにおい、あるいは私が生まれる前にどれくらい生きていたか、これからどれくらい生きるのかという無益な計算を書きつけている紙きれのにおいを軽蔑するように嗅ぐヴルフ・オゴイーヌの癖を私は思い出す。そのよく通る吠え声を、白い牙を、夏の体臭を、冬の体臭を、私は思い出す。私の計算によれば、私は二百億年間、闇の中に存在していた。その後、四十八年間生きた。その生涯で、たった一人だけ友人ができた。ヴルフ・オゴイーヌのことだ。レティシア・シャイドマンが私のみすぼらしい住まいに踏み入り、私に手錠をかけたとき、ヴルフ・オゴイーヌはどこかに行ってしまった。おそらくカナル地区かどこかで孤独に暮らすのだろう。いつの日か、あの闇の中における非存在を取り戻すことができるのか、それとも力ずくで別の何かの中に押しこまれるのか、私は知らない。そしてその別の何かの中で、また友人のヴルフ・オゴイーヌと出会うことができるのかどうか、私はそれも知らない。

26　ヤザール・ドンドグ

あるいはまたサイコセラピストを名乗る女が、エヴォン・ツウォッグに白黒写真を使ったゲームを何時間もかけてやり遂げさせようとしている。彼女はつるつるしたテーブルの上にいつもと同じ他愛もない写真を何枚か置いて、それから上の階に行く。彼女はその階で教育センターを運営しているのだ。

「そのうち戻ってくるからね、ツウォッグ。外に出ないようにね」と彼女が言う。

天井から彼女の乱れた足音が聞こえる。誰かがコンクリートのブロックや何かのケースを移動させている。それから静寂が支配する。

街はガラスのない窓の向こう側でひっそりとしている。風が吹くと赤茶けた埃が舞い上がり、地面の上に赤っぽい色の、大理石のような模様がうごめく。火星のようだ、と人は言う。空はしばしばあまりにまぶしく、そんなときはあらゆる色が消え失せてしまう。ツバメの群れがカナル通りの建物の合間を縫って、めまいがするようなスピードで飛び回っている。ツバメたちは鋭い鳴き声を上げ、四十五分間ほどいがみ合い、それから突然どこかに行ってしまう。部屋の中にふたたび静寂が戻ってくる。エヴォン・ツウォッグは写真を弄んでいる。彼はそれらの写真を完全に覚えている。それもそのはず、それらは同じネガからプリントされた、コントラストの違いしかない八枚の写真なのだ。ときおり狂った人間を治すことができると主張する女が上の階から降りてくる。彼女はドアを開け、ツウォッグにそれらの写真について何か言うことがないか尋ねる。ツウォッグは肩をすくめる。その女は一分ほど待ってからドアを閉め、上の階に戻る。彼女は美しい。多くの中国人女性が備えている、どことなく天使のような美しさがある。彼女は楽な服装をしている。色落ちしたジーンズとデニムジャケットと黒いTシャツだ。彼女はドアを閉める前に、すぐ戻ってくると約束する。

　風が弱い日には、ツバメに追い回されていなければだが、トンボが窓から入ってくる。空の強烈なまぶしさのせいで、その美しい姿をいつでも楽しめるというわけではない。トンボたちはしばしば、ほとんどトルコ石かと思うほどきれいな青色をしている。エヴォン・ツウォッグの目の前、写真の上で羽ばたいているのが何匹かいる。エヴォン・ツウォッグは暇つぶしに、そのうちの一匹をつかまえて食べることがある。

この日、その少し後、私はエヴォン・ツウォッグが妄想にふけっているほとんど何もない部屋に入る。最初からはっきり言っておいた方がよいだろうが、私が「私」と述べるとき、私はとりわけヤザール・ドンドグのことを指している。私は彼の隣に座る。煉瓦や錆や火星のように赤い埃が舞い、トンボたちの残骸が散らばっている。私たちは知り合いになる。ほどなくして私は彼にマギー・クァンの話をする。

「あのセラピストか？　お前、あのセラピストと暮らしているのか？」彼は啞然としている。

「違う。彼女じゃない。それはサラ・クァン。おれが一緒に暮らしているのは妹のマギーだ。市で野菜を売ってるんだ」

エヴォン・ツウォッグは安心し、目の前にある写真をかき混ぜ、その中から一枚を選び、汗まみれの指先を押しつけた。

「見えるか。昔の写真だ。おれのじいさんだ」

今度は私が覗きこむ。傷んだプリントを見ると、雪景色が写っており、遠くに線路が見える。そして三人の男が写っている。そのうち二人はみすぼらしい民間人の服装をしている。もう一人はみすぼらしい軍服にくるまれて、気が進まない様子で二人をナイフで脅している。どんな場所でも、いつの時代でもおかしくない写真である。

「どれだい？」

「どれって何が？」エヴォン・ツウォッグは驚く。

「君のじいさんだよ。三人のうちどの人？」

エヴォン・ツウォッグは気を悪くしたようだ。写真を一ヶ所に集めてから、私からは何も見えないようそれらを裏返す。彼の指は震えている。私は二人の関係で修復できるものは修復したかったが、どうすればよいかわからない。

「じゃあお前は」と彼が突然ぶっきらぼうに言う。「お前はどっちなんだ？ おれたち二人のうちどっちなんだ？」

27 リタ・アルスナル

訪問前に、データとしていくつか指標となる数字を挙げておこう。私の死は千億年前にはじまった。この点ではすべての人間と同じである。そして私の生は五十八年前にはじまった。すでにあちこちで述べてきたように、私の生に終わりがあるのかどうか、その終わりに至り着くまでどれくらい逃げ回らなければならないのか、私は知らない。我々の周囲のモミ、カラマツ、スイスマツの高さは三十四メートルから五十八メートル。目の前には蟻塚がある。何も住んでないように見えるが、実はそうではない。蟻塚の地下道は、中心から三十メートルもの距離に広がっている。蟻たちはこの交通網によって、我々が調査しているこの廃墟の全体をひそかに巡ることができる。現在、草地の地表近くの温度は二十四度。しかし冬には温度計の目盛りはマイナス四十度、最大でマイナス五十度前後まで下がる。そこまで気温が下がるとクリスタルのような静寂が訪れる。ここから川まで森は完全に死んだようになる。川は五ヶ月間、氷に覆われる。哺乳類は昔より数が減少した。昔というのは蜂起が起こった頃のことだ。七月にはリスが梢を跳ね回り、ときには狐が走っているのが見られる。とはいえ、いかなる種も十分に繁殖するだけの遺伝的豊かさを取り戻してはいない。ここではしばらく前から人が狼や熊を見かけるのは夢の中だけだ——とはいえ、私は特に誰かのことを指して「人」と言っているわけではないが。さらにいくつか数値を挙げよう。養老院の蜂起は世界革命の二、三百年後に起こった。いまでは影もかたちもないが、養老院の建物には五十人ほどの老人——基本的には女性——が住んでいた。死に対する彼女たちの耐久力はもはや証明するまでもない事実だった。その実質的な不死性は、もはや科学的な論争の対象でさえなかった——それはおそらく、当時すでに科学者の九十五パーセントが死んでいたからでもあるが。毎年、首都の獣医が質問表を送ってきて、養老院長はそれをどうにかこうにか記入していた。その書類は郵便配達隊が立ち寄った際に回収された——当時はそうした類の事業がまだ残っていたのである。職員は院長以外に、冬は院長と寝床を共にしていた森林警備員、それから雑多な仕事をする五人の使用人がいた。その五人の中でもしばしば話題に上るのがリウドミラ・マトロシアンとローザ・マトロシアンの母娘である。養老院に蓄えられていた物資はわずかで、自給自足の生活が窺える。こうした環境はぬくぬくとしたねぐらのようでもあり、刑務所のようでもあるという長所がある。我々は家具や生活用品だけでなく、小型トラックも発見した。森林警備員はそのトラックに乗り、養老院を取り囲む七キロに及ぶ道を走っていたのである。伝承によれば、そのトラックはコムソモール――老婆たちに絶大な人気があった組織だ――の創立二百周年祭の日、行進の途中で故障し、以来一度も動いたことがない。敷地の西側には、巨大なカラマツの成長によって――森の木々は生命力を取り戻していた――地表に押し上げられたがらくたの残骸がある。さらに別の数字を挙げよう。これは〈まだらの麦〉が地理的にほぼ孤立していたという事実に関係している。ここから二十二キロ離れた場所に、かつて実験農場があった。そこの温室は原子力で動いていた。しかし炉心が溶融しはじめると、農民たちは農場を捨てた。蜂起が起こったとき、その施設はすでに閉鎖されていたが、二人の技術者が設備を維持するため滞在していた。タラス・ブロックという五十二歳の男と物理学者のリタ・アルスナルである。リタ・アルスナルは鬱病に悩んでいた。彼女は暇があると原子炉の熱いコンクリートの上に座り、核分裂のとどろきに耳を傾けたり、目を閉じてポスト＝エグゾティシズム的な物語をつぶやいたりしていたらしい。タラス・ブロックは〈まだらの麦〉によく出入りしていた。放射能汚染を軽減する処置を施すため、というのがその口実だった。実際には、彼はローザ・マトロシアンにつきまとっていた。そして蜂起が起こった日、彼女に籠いっぱいの赤いスノキの実を持ってきた。彼はそうすることで、性的な行為が話題になるたび彼女が示す抵抗を和らげようとしたのである。さて、そろそろ訪問をはじめよう。今回の訪問は東西南北に対応する四つの地点の調査を含んでいる。とはいえ同じ場所から、たとえば小山のそばにあるモミの木のところから観測するだけで済ませ、時間を節約することもできるだろう。この小山は、すでに述べたように巨大な蟻塚であるが、それはタラス・ブロックの所持物だったガイガー・カウンターの周囲に築かれたものだった。苔むした切り株が一つ見える。それは我々が間違いなくタイガの中の廃墟にたどりついたという証拠だった。この場所に、かつては建物の入り口があったのだ。我々の前には食堂、廊下、台所がある。ヴィル・シャイドマンが受胎した寝室は二階にある。想像力をたくましくすれば、ヴィル・シャイドマンが窓から飛び出し、ベゴニアの植えこみ――現在は松の木が張り出している場所――の中に着地し、ぴょんぴょんぴょん飛び跳ね、勢いよくタラス・ブロックを突き飛ばし、北西に向かって旅に出る光景が目に浮かぶ。その日、台所ではすでにローザ・マトロシアンが朝食の塩茶を温めていた。テーブルの片隅では、籠に入った赤いスノキの実がよいにおいをただよわせていた。タラス・ブロックは放射線量を測定する装置を玄関に取りつけていた。しかしそれらの装置は極端に危険な場合にしか警告音を発しないよう調整されていた。たとえば近くで放射線量の急激な増大が起こった場合、あるいはリタ・アルスナルの腕に抱かれた場合などだ。その日は午前中から暑かった。実験農場の近くで孵化した蟬たちは一帯を占拠し、世界に彼らの音楽的規範を押しつけんとする欲望をあらわにしていた。しかし、その朝の騒音は虫たちのせいではなかった。ヴィル・シャイドマンが無から抜け出す手助けをするため、シャーマニズムの儀式に則った叫び声が響いていた。建物の中では取っ組み合いの喧嘩の声が増えていた。いつものように職員が老婆たちの計画に異議を唱えていたのである。ここにヤリアーヌ・ハイフェッツが閨房《けいぼう》と呼んでいた一室がある。かつてはテレビが置かれていたが、六十年前から放送が中止になっていたため何も映っていなかった。いまでは巨大なシダが震えている場所に、かつてヤリアーヌ・ハイフェッツが座り、若い頃の記憶を、反資本主義の国際闘争組織を率いていた頃の出来事を思い出していたのだ。ローザ・マトロシアンが追いつめられたのもこの部屋だ。足下のマットがずるりと滑ったので、彼女はテレビが載っていた棚を不用意につかんだ。彼女の頭の上にテレビが落ちてきて、頭蓋骨が割れた。いまではテレビも、ソファや肘掛け椅子の骨組みも残っておらず、この閨房で過ごされた静かな夜を彷彿とさせるものは何もなかった。屋根が崩れ落ち、次いで二階が崩れ落ちた。それ以来、しばらく汚い瓦礫が散乱していたが、それもいまでは消え失せた。雨や雪どけ水が瓦礫を押し流し、風がほとんどの塵を吹き払ってしまったのだ。腐食土に覆われて建物の荒廃は目立たなくなったし、何世代にもわたる木々の生長がその痕跡を消し去ってしまった。さらに離れた場所、つまりあのカラマツの木の向こう側に、老婆たちがリウドミラ・マトロシアンを追いこんだ階段が見えた。その階段ではまた、ある看護師が首の骨を折られたし、その直前に共同寝室に上がっていった院長も同じように首の骨を折られた。院長は儀式用の法螺貝を手にした歓迎団に迎えられた。しかしその後すぐさま、彼女は入り口の左側にあるベッドの下で、尿と血にまみれて足をぴくぴく痙攣させながら横たわっていた。その日、闘争の喧噪のために養老院は正午近くまで混乱に陥った。ここであの切り株の前に広がっている苔に視線を転じてみよう。そこには斜めに傾いた建造物がある。別の蟻塚のようにも見えるが、実はもう一つの壁である。リタ・アルスナルが倒れこんだ煉瓦の壁だ。彼女はタラス・ブロックの帰りを待ちながら孤独に一冬を過ごし、その後、養老院に様子を見に来ることを決意したのだった。現在では、夜になるとその場所は燐光で輝く。リタ・アルスナルの死は、あらゆる人間の死と同じように千億年前にはじまった。そして彼女の生は、当時はじまってから四十五、六年経っていた。リタ・アルスナルが現在どこにいて、どんな状態にあるかは不明である。訪問はこれで終了だ。

28　フリーク・ウインスロー

六百八十夜歩き続けたら、変化が生じた。もはや空気が同じではなかった。道をさえぎる巨大な幕にぶつかることがしだいに多くなってきた。その幕をナイフで切り裂き、切れ目を手で押し広げなければならなかった。あれは蜘蛛の巣だと主張する者もいれば、我々は夢を見ているのだと説く者もいた。あるいはこう言い張る者もいた。すなわち、もし何らかの生命ある存在がこれだけ巨大で丈夫な布をこんなふうに配置したのだとすれば、それは我々を罠にかけるためではなく、我々を足止めするためでさえなく、もっぱら我々が接近していること、我々がもうすぐ彼らの現実の中に到達することを彼らがあらかじめ知るためなのだ、と。「たわごとだ」と、ブリックスタインという名の船長は決めつけた。「おれたちは帆の製造工場の中を歩いているんだ」と彼は断言した。「ここは何世紀も前から放置されている巨大な工場なんだ。おれたちはジブ、トップゲルンセイル、ミズントップゲルンセイルと、いろんな帆を切り裂いているのさ」塩気をおびた埃のにおいが手にこびりついていた。黴びた繊維とタールと防水布のにおいが髪と服にこびりついていた。燻製肉と切り刻まれた帆布のにおいが唇にこびりついていた。我々は仲間を怪我させないよう互いに距離をとっていた。我々一人一人が孤独の中で見えない屍衣を切りつけ、その切り口に体をもぐりこませていった。

かくして我々は手探りで、繊維のざらざらした襞で手の皮をすりむきながら、たえずゆっくり前進していった。すると六百八十六日目の昼頃、見張りの男が突然、ほのかな光が見えると告げた。一時間後、我々は自分たちの目でその情報の正しさを確認した。

我々は完全な暗闇から抜け出し、薄明の中に移行していた。

万歳を叫びこそしなかったが、魂の表面に電撃が走り、我々は思わず言葉を交わし、また笑いさえした。我々は帆の工場を後にし、灰色の風景に向かって進んでいった。やがて小さな港町に着いた。我々はすでに五人しか残っていなかった。船長のジャン・ブリックスタイン、見張り番のミートラフ・ヴァイヤン、水夫長のフリーク・ウインスロー、シャーマンのナヤジャ・アガトゥラーヌ、旅人のクリリ・ゴンポである。

我々はやがて一種の奇妙な中庭、最後の自然の回廊に足を踏み入れた。道はそこで途絶えていたので陽気な気分は消え失せてしまった。我々が至り着いたこの場所を、夕日の残光が紫色に染め上げていた。背後には倒壊した倉庫の土台が並んでいた。我々は瓦礫のあいだをジグザグに抜け、船着場の端にやって来た。そして黙りこんだまま、崩壊していつまでも泥に埋まっているボートを眺めた。風景はおぞましい色に染まっていた。河口はもはや嘆かわしい泥沼にすぎず、一キロ以上遠くに白いレースのような波頭が見えたが、それはまるで反吐のようだった。

「千二百メートル先に塩水」と、見張り番が判断を下した。

誰もついて来るなと言ってから、フリーク・ウインスローは防波堤まで行った。コンクリートにひびが入っていた。そしてそれ以上先には進めなかったので、そのまま戻ってきた。

港には誰もいなかったし、海にも誰もいなかった。唯一、水平線近くに小島のようなかたまりが見えた。ところが見張りの男は、「あの小島は一週間もしないうちに消えちゃうよ。肉が腐って、しまいにはカモメやカニに食われちゃうからね」と断言した。「肉だって？」とクリリ・ゴンポが訊いた。よく見ると、それはたしかにぶよぶよした肉の山だった。それは死に抗うすべもなく砂州に乗り上げてしまった一匹の巨大なイカだった。とはいえ昼行性の鳥にとってはすでにかなり非常識な時間になっていたので、カモメたちはもうそのイカを襲ってはいなかった。

フリーク・ウインスローはこの光景に背を向け、係船柱に腰を下ろした。彼は目を閉じていた。目の前には瓦礫が広がっていた。彼は閉じたまぶたを通じて夜に、そして夜が無人の集落を包んでゆくさまに注意を向けるふりをしていた。

我々は重要な決定をフリーク・ウインスローにゆだねていた。この長旅を通じて、船長はあまりに多くの誤りを犯したので一切の権威を失っていたし、またよき助言者になりえたはずのシャーマンのナヤジャ・アガトゥラーヌは生来の内気が悪い方向にこじれ、我々と口をきかなくなっていた。

フリーク・ウインスローは一分間ほど脱力していたが、それから口を開いた。

「のっけからひどい状況だな」と彼は言った。

我々は瓦礫の上に座っていた。クリリ・ゴンポは息を止めていた。彼が自分の消滅をこれ以上先延ばしにできなくなってしまう日が、つまり潜水が終了し彼が意識を失ってしまう日がいつかは訪れるのだろうと、我々は想像した。

ウインスローは続けた。「こんな雑居生活を続けていたら頭がおかしくなっちまう。今後のことを考えると、閉じこもったままじゃいずれ悪夢だ。全員一緒にいるべきだという考えは、そのうち重荷になるだろう。そういう考えがほとほと嫌になって、そのうちくたばっちまうか、仲間内で噛みつき合ったり殴り合ったりすることになるんだ。おれたちは自分の攻撃性、この我々の内なる愚かしい衝動、隣人を攻撃し打倒せよと命ずる動物的な欲求に打ち勝つことなんてできないんだ。昼も夜もこんな密閉されたドームの下にいたら、博愛の観念も気高さもみんな失ってしまうだろうよ」

彼は咳払いをした。この彼の予言は、我々には意味がよく理解できなかったが、そのためにかえって我々を震え上がらせた。彼が示唆している事態は目前に迫っていることなのだろうか？　それともずっと先の未来のことなのだろうか？

「おれたちはいずれ自分たちの心のとんでもない醜悪さを目の当たりにすることになる」

と、彼はさらにつぶやいた。「ひどいことになるぞ」

彼がそれ以上何も言わなかったので、一、二時間後に我々は解散した。

またもや暗闇が我々を包みこんでいた。我々は相変わらず五人だった。なおも息を吸っている者と息を止めている者がいた。我々は仲間を噛んだり、殺したり、ばらばらにしたいという欲望に駆られないよう、互いに十分な距離をとっていた。

何年間も我々はフリーク・ウインスローの噂を聞かなかった。風がときおりカモメのやかましい鳴き声や腐ったマッコウクジラやイカのにおいを運んできた。我々はときに目を覚まし、瓦礫の中をさまよった。数ヶ月間、何も起こらないこともあった。ウインスローが言っていたことは現実にはならなかった。たしかに我々は息苦しさを感じていたし、この監禁状態に悩まされ、打ちひしがれ、精神の気高さも失われていた。しかし我々は殴り合ったりはせずに耐えていた。我々はたまに防波堤の近くに集まった。そして少しばかり言葉を交わし、それから別の場所へ、もっと深い闇の中へ、つまり我々一人一人の秘密の隠れ家へと散っていった。たまに外洋に通じるルートを探しに行く者もいたが、泥の中にはまりこむだけだった。船の修理を試みる者もいたが、怪我をするだけだった。

結局、我々は悪事に手を染める衝動に最後まで抗った。いまではフリーク・ウインスローがバス運転手として働くため隣町に行ったことも知っている。見張り番だったヴァイヤンは最近、現地の女と結婚した。彼は港の周辺にはもうあまり近づかない。クリリ・ゴンポは姿を見せなくなった。船長は資本主義の復活に乗じて帆船を扱う商売をはじめたが、まったく客がつかず嘆いているという噂を聞いた。目下の状況では騒がずただ待つのがよいと私は思う。私が「私」と言うとき、私はナヤジャ・アガトゥラーヌのことを念頭に置いている。そして私が「待つ」と述べるとき、それは何が起こるかわからないまま、ただ待つということである。

私はじっとしている。

私はここで、海を前にして、海から残っているものを前にして、待っている。

29　ジェシー・ルー

自分に課した仕事のノルマを終えると、私はよく総合競技場のスタンド席のコンクリートにもたれ、親善試合をしている地元のバスケットボールチームを眺めていた。日が翳ってくると、蚊が汗まみれの肌を容赦なく襲ってきた。そいつらは特攻隊のように、次から次へと、内側に血が流れているものすべてに着地した。いま行われているようなあまり重要ではない大会の場合、競技場の照明はつけられなかった。選手たちは隣の通りから漏れてくる街灯の明かりで我慢しなければならなかった。バスケットボール選手たちは次第に濃くなってくる闇の中で試合をしており、見えにくいボールを操りつつ、腿やうなじを刺してくる蚊をまとめてつぶそうとしてしきりに体を動かしていた。蚊を叩きつぶす音、選手たちの息づかい、ボールがはずむ音、シュートが決まるたびゴールがきしむ金属的な音、戦略上のかけ声、悔しさから思わず漏れる声などが聞こえていた。チームにいるのは原則として女だった。そして声のイントネーションから判断するに、彼女たちは中国からの亡命者だった。スタンドは座り心地が悪く、ずっと同じ姿勢ではいられなかった。私は立ち上がり、フェンスにもたれかかった。ちょうどそのとき、選手たちがスタンドの最前列に置いた荷物の前をクララ・ギュジュールが通り過ぎた。彼女は鉄の棒を手に、私が見逃していたペットボトルとアルミ缶を探すため、スタンドにそっと入りこんできた。彼女はペットボトルやアルミ缶を自分の体より大きな袋に放りこんでいった。私と同じく廃品回収業者に売って生活費をかせぐためだ。今日では資本主義が、長らく当然の権利だと思われてきた年金と老人ホームに代えて個人の富裕化と自主性の機会を提供していた。クララ・ギュジュールはスタンド席の片隅を鉤竿でひっかき回し、戦利品を回収するため平気で四つんばいになり、他の人間が、あるいは鼠や蜘蛛が自分に向けてくる視線をまったく気にしていなかった。彼女は腰が曲がっており、非常に小柄で、真っ黒だった。それから何かぶつぶつ言いながら、その場を立ち去った。背後では試合が続いていたが、私は大抵の場合、自分の袋を引きずって彼女の後をついていくことにしていた。なぜなら老婆である我々二人の運命はたやすく交差しうるが、私と中国人のバスケットボール選手を結びつける絆は何もなかったからである。我々はけたたましい音を立てて袋を引きずりながら、一言も言葉を交わさぬまま数百メートル歩いた。たしかに我々はお互いが似ていることを知っていたが、話すことは別に何もなかったのである。そうするうちに、我々は都市風の黄色い照明で照らされた街路を越え、我々のお気に入りの荒れ果てた地区へと戻ってきた。

このときクララは三十分以上私の前を歩いていた。夜の暑さと銃のように胸に斜めに抱えた鉄棒に難儀しながら、老婆のたどたどしい足どりで歩いていた。彼女は先週の雨で広がった泥沼の反対側に電話ボックスがあることに気がついた。水面には浮き草が広がっていた。闇がその緑色を隠していたが、昼間だったら人はその色に感銘を受けていたことだろう。「人は」というのは、つまりこの私が、ジェシー・ルーがという意味だ。一匹の蛇が足音に驚いて、緑の膜を裂いて泥の中にもぐった。その裂け目から驚くほど黒々とした水が覗いていた。老婆は泥沼を迂回した。彼女は裸足になっていた。大気は黴びたシナモンやゴムのようによどんだ水や蘭の花のにおいがした。それらの香りは魅力的で飽きることがなかった。蛾がさまざまなものの表面をかすめて飛んでいた。闇の中の蛾の色はわからなかったが、おそらく白かオレンジだった。蛾は水びたしの車道や通りのはずれにある椰子の木や電信会社の建物の前で客を待っているタクシーをかすめて飛んでいた。夜だというのに朱色や深紅色、あるいは灰青色の蛾もいるようだった。クララ・ギュジュールは蛾の群れの中に突っこんだ。そして電話器を支えている木製の支柱にしがみつき、手と顔を電話機に近づけた。彼女はとても小柄で、自分の腕に抱えている鉄棒よりも小さかった。彼女の雑多な色の服が、濡れた草の上にだらりと垂れ下がった。服を支えるべきベルトはもはや何一つ支えておらず、何一つ締めつけていなかった。服の皺のあいだに老婆の縮こまった身体が見えた。しぼんだ唐辛子のような乳房が見えた。私も彼女と同様、かつての優雅さ、かつての容色を失っていた。人々はこちらには一瞥もくれず通り過ぎていった。私は特に誰かのことを指して「人々」と言っているわけではない。というのも歩道に人はほとんどおらず、明確な個性のない蛾たちしかいなかったのだから。クララ・ギュジュールは八八六番をダイヤルし、回線が通じるのを待つあいだ、座りこんでうとうとした。私は電話機の反対側にうずくまった。クララ・ギュジュールが聞いているのは私の声だった。彼女は受話器の向こう側に息づかいを感じたが、長いこと声を出していなかったので言葉を組み立てるのに苦労した。彼女はやっとのことで「ヴァルヴァリア・ロデンコをお願いします」と言った。私は声音を変えて「どのような用件ですか」と尋ねた。「私はクララ・ギュジュールです。これからのことについて指示がほしいのです。それだけです」「私がヴァルヴァリア・ロデンコよ」と私は嘘をついた。「クララ、あんたが電話してくれてうれしいわ」「ヴァルヴァリア、あなたなの？」彼女の顔が輝いた。「声が聞けてうれしいわ」私は「いまどこにいるんだい？」と尋ねた。彼女は「わからない」と答えた。「七、八年前はルアン・プラバン周辺をうろついていたけれど、それからずいぶん歩いたから」「ルアン・プラバンかい」と私はつぶやいた。「そこでも、いまでは資本主義が支配しているのかい？」「わからない。どこに行ってももうほとんど誰もいないの。家はまだ建っているし、川岸には寺院も残ってはいるけど。それとバスケのチームがあるの」「資本主義者はいるのかい？　金持ちどもは？」と私は質問した。クララ・ギュジュールは「わからない」と言った。「殺してやりたい奴らもいるけれど、ぜんぜん会わないのよ」「もし見かけたら、殺してやりな」と私は言った。「バスケの選手たちに手伝ってもらいな」彼女は「でも会わないのよ」と言い張った。「どこに行っても、誰にも会わないのよ」

30　クララ・ギュジュール

空き瓶と空き缶がリサイクル業者の敷地に積み上げられている。夜の闇の中で、その二つのピラミッドはほとんど青一色に見える。山はいまにも崩れそうだ。いつもそれを引っかき回す動物がいた。鼠や犬が底に残っている砂糖を探し回っているのだ。ときには猿のこともある。鼠や犬と同じように腹をすかせて毛がぼろぼろの、マカク属の猿だ。こそこそ山を登る音が聞こえる。とつぜん缶が何個か転がり落ち、何かがさっと逃げていく。山が静かになると、周囲のバナナの木から夜の虫たちの声が湧き上がる。いま何か言葉を発しなければならないとしたら、この非常に鋭い音のせいで思わず声がうわずってしまうだろう。しかしこんなとき、人はどんな会話をはじめることができるだろう？　私が「人」と言うとき、私は少しだけクララ・ギュジュールのことを思い浮かべている。毎夜のように彼女は闇の中から現れる。くず袋をじゃらじゃら引きずり、カービン銃みたいな鉤竿を抱えている。下等人種《ウンターメンシュ》の曲がった背骨をした、垢だらけの不死身の女だ。いったい彼女がどんな言葉を、誰に向かって発することができるというのだろう？　いったい彼女が、断片的なものであれ、誰から、いかなる返事を期待できるというのだろう？

暗い照明の下、クララ・ギュジュールは一日の戦利品の重さを量り、分別する。なぜなら、プラスチックとアルミニウムは分けておくよう人に言われているからだ。もちろん、ここで「人」という言葉が指しているものは、先ほどよりもはるかにクララ・ギュジュールから遠くなっている。彼女は代金をドルで受け取る。というのも、市場原理と一緒に貨幣も社会に再導入されていたからである。彼女は大抵二ドルもらう。

「端数は切り上げといたよ。あんただからな」と、リサイクル業者の男は言った。

クララ・ギュジュールは汚い紙幣を脇の下に挟む。隠していた袋にそれをしまい、胸の前に抱えていた金属棒を立て直し、出発する。気分しだいで何かつぶやいていることもあれば、黙りこくっていることもある。彼女は光の輪の向こう側に戻ってゆく。

彼女は街路に溶けてゆく。

彼女はもうここにはいない。

店の入り口にぶら下がっているアセチレンランプが秤と勘定台を照らしていた。くず屋の男の不機嫌な赤ら顔、その貧乏人の大酒飲みの顔を照らしていた。勘定台の前には瓶の王冠や雑多な布切れ、鉄錆などが散らばっている。ここでは紙と鉄くずも回収しているのだ。

たまに廃品の提供者——私は基本的に私自身とクララ・ギュジュールを念頭に置いている——に支払う金がないとき、リサイクル業者の男は、ごみの山をつるはしで引っかき回し、そこから掘り出したごみで支払いをする。いつもの二ドルの代わりに、私たちが集めてきたばかりのプラスチックのボトル一個と、それにグラビア雑誌の山から四、五冊抜き出して渡すのである。

「ほら、五冊目はボーナスだ。きれいだろ、フルカラーで」と彼は言う。

クララ・ギュジュールは抗議しない。彼女は知っている。資本主義者のやり方に反対してはいけないことを。暴動が起こる日までは、ただ耐えるべきだということを。その日がやって来れば、自分に損をさせた者を殺すことだってできるのだから。彼女は闇の中に消える。

彼女は高い木々の下を通り、雨で濡れた小道を歩く。蚊に襲われながら、十五分ほどかけて小走りに川へと向かう。周囲でざわめく夜、香気を発している夜の中を、彼女は横切ってゆく。そしてついに、彼女が家と呼んでいる場所に到着する。バナナの葉で雨と不幸から守られている藁布団と、乾いた地面の一角と、予備の薪がある。彼女は腰を下ろし、休息する。規則正しく、小刻みに呼吸をする。彼女は眠らない。誕生日に二百五十九本の蠟燭を吹き消してからというもの、彼女は眠れなくなっていた。彼女はもう眠る必要がないのだ。

川の上に月が昇り、木々の合間に覗く水に反射してきらめくのを、彼女は待っている。月明かりがあるときには、彼女は給料代わりにもらった古雑誌に手を伸ばし、ぱらぱらめくってみる。人類が滅亡寸前でなければ、こうした刊行物も成功を収めていたのだろう。それらの雑誌はマフィアの支援を受けており、裸の少女たちの写真が載っている。カメラの前で足を広げた女たち、あるいはもっと見たい人のために女性器の陰唇を広げた女たちさえ載っている。クララ・ギュジュールは、一切検閲を受けていないそれらの解剖学的細部をうっとり眺める。彼女はもうずっと前から、服を着ているときであれ裸のときであれ、自分の体がどんなふうに見えるのか知らなかった。彼女は自分の身体がいまでもこれらの雑誌に載っている身体と同じようなかたちをしているのだと、同じヴォリューム、同じ凸凹を保っているのだと、想像しがちだった。彼女はこの笑顔の女たちの笑っていない視線を見つめる。そして、その娼婦としての従順さに問いかける。マフィアに暴力を振るわれたのか、ポーズをとることで傷ついたか、何ドルもらったのか、市場主義社会を復活させたのがヴィル・シャイドマンだと知っているか、ヴァルヴァリア・ロデンコという名を聞いたことがあるか、彼女はそうしたことを尋ねる。彼女たちを傷つけないよう、慎重に言葉を選ぶ。しかし彼女は、これらの女たちはいまでは完全に破滅しているかすでに死んでいると思っている。

　川の上空で月が輝いている。夜が輝いている。船着場の近くで犬が吠えている。クララ・ギュジュールは裸の娘たちと話している。あちこちにほくろがあるからもっと用心した方がよいと告げる。目の中にうっすらと倦怠が広がっていることを指摘する。そして「私は、私たちは、また戻ってくるわ。ドル制度をもう一度廃止するためにね」と約束する。ヤシの木に立てかけていたカービン銃を見せて言う。「あなたたちだって、マフィアの連中やヴィル・シャイドマンを銃殺することができるのよ。それであなたたちの気が済むならね。この混乱を立て直すため何をすればよいのかわからないならね」さらに彼女は言う。「とりあえずヴァルヴァリア・ロデンコのカセットを送ってあげるわ。何もすることがなくなったときに何をすればいいのかを、彼女が説明しているカセットよ」

31 ジュリー・ロルシャッハ

彼は起き上がる。彼はジミー・イウグリエフ、新時代の成り上がり者だ。この世界の誰しも同じだが、彼の朝もひどい気分ではじまる。外では埃が舞っている。首都は細かい砂《さ》礫《れき》に埋もれている。かつて砂漠の中の都市が嵐の際そうなったように。とはいえ、あの時代にはオアシスがあった。砂漠がまだ熱帯を越えていなかったし、かつて栄えた都市を襲って窒息させてもいなかった。都市がまだ無の全面的な支配を受け入れてはいなかった頃のことだ。地図上の国名にはまだ意味があった。たとえばオンタリオ、ダコタ、ミシガン、チュクチ、ブリヤート、ラオスといった美しい名の土地があった。古《いにしえ》の商業システム、古のドル制度、古の収容所の時代だ。現在では首都は風にさらされ、瀕死の大地の息吹が家の壁にぶつかっている。ジミー・イウグリエフは風呂場に入る。豪華な造りのアパルトマンだが、外からの襲撃を防ぐためのガラスは一枚もなく、砂粒が手と顔にちくちく当たる。

彼は物質の脆弱さに失望し、しばし茫然とする。しかし彼は、その背後に彼自身の存在の脆弱さも感じている。彼は西に面した小窓から外を眺める。街には火星のような、煉瓦色ないしは赤茶色の砂がうごめいているばかりだ。鉱物の細かい粒が喉や目に飛びこんできて、彼は目をつむり、咳きこんだ。洗面台の蛇口をひねるが何も出てこない。このひどい気分ではじまった朝について、彼はぶつくさ不平を述べる。すると彼の思考はこの一日のはじまりという観念の周囲を動きはじめ、目覚めの際の印象を再構成しようとする。ガラスに砂がばらばらぶつかる音が聞こえて――多くの新富裕層の人間と同様、彼も寝室にはガラスをつけていた――眠りから覚めた不分明な瞬間のことを、彼は思い出す。そのとき、彼は直前まで見ていた夢を忘れてしまった。ところがいま、その夢の映像が、あるいはむしろその最後のシークエンスが蘇ってきた。それはとつぜん鮮明になり、彼を圧倒する。間違いなく何かおそろしいことを予告している夢だ。夢の中で、彼は汚いバンガローのテラスに立ち、激しい雨を避けている。彼は一人の女に話しかけているが、彼女は返事をしない。しかし彼は彼女の名を知っており、ジュリー・ロルシャッハという名で彼女を呼んでいる。夢のはじまりの時点、つまり六十八年前から、彼は彼女と身体も運命も共にしてきた。彼は昼も夜も彼女と一緒に過ごし、彼女の理性が揺らいでゆくのを見てきた。しかし彼女は彼に返事をしない。彼女の狂気はさらに悪化し、彼女はおそらく言葉を捨てることを決意したのだった。彼女は彼と話す代わりに、二人の前に広がる熱帯の草原を見つめている。強烈な緑色の、とても美しい草地だ。彼らに近寄ってきていまや目の前にいる二頭の象を、彼女はやさしく見つめる。雨が象の体表に筋を描く。雨はとても激しく、象の巨体がほとんど煙のようにぼやけている。象たちは鼻を揺らしている。たまに鼻を頭上まで持ち上げ、頭を振る。そのとき突然、この光景のおぞましさが明らかとなる。象たちの顔――私がそうなのだが、この動物に対して大いに共感を抱いているなら顔という言葉を使ってもよいだろう――には、むごたらしい傷があり、滝のような雨がその傷を洗っているのだ。ここで私が「私」と言うとき、私自身だけでなくジュリー・ロルシャッハのことも念頭に置いている。雨は奔流となり、血の流れる傷口を洗っている。皮膚は裂け、鼻のつけ根から盛り上がった毛むくじゃらの頭頂部まで、四つの四角い傷がついている。頭が動くたび傷がゆっくりと開く。たとえば頬の半分は裂けていて、その傷口が開いてはふたたび大きな皮膚の膜が閉じるという具合なのだ。象がまた暴れる。もう一頭も同じように暴れる。鼻は上空に向かってねじれ、それからまた下に落ちる。耳がばたばた動く。そしてまたもや皮膚の一部が開いたり閉じたりする。その目が誰にも理解されない言語によって祈りを、あるいは情熱を表現している。豪雨が血を洗う。流れる血は透明になって押し流される。以上が、ガラスに砂がぶつかる音を聞いた瞬間、ジミー・イウグリエフに訪れたイメージ、不意に記憶に蘇ってきたイメージである。ひどい悪夢だ。何が起こってもおかしくはない、ひどい一日だ。咳はおさまり、彼は一滴の水も出ない蛇口の前で茫然としている。それから砂だらけの洗面台に小便をする。彼はすでに外光が火星のような色に染め上げている寝室に戻っている。ベッドに視線を向ける。そこには一人の女が横たわっているが、眠ってはいない。妻のイルマ・イウグリエフだ。この女に向かって彼は、「怖い夢を見たよ」と言う。彼女は苛立ちをあらわにした身振りで彼の言葉をさえぎる。彼が朝っぱらから自分の体験を押しつけてくるのが気に入らないのだ。それで彼は黙りこむ。隣の寝室では子供たちが騒いでいる。風の日には興奮するのだ。彼らは今日はどこにも出かけられないことを知っている。荒れ果てた惑星のにおいが、彼らの行動を奇妙なものにする。彼らはやがて誰も理解できない言葉で話して遊ぶだろう。おもちゃ箱の中から真鍮のラッパかくだらない電子ゲーム機を取り出すかもしれない。しかし新富裕層の子供が読むべき本は一冊も読まないだろう。ジミー・イウグリエフは、そのうち子供たちの部屋に行って怒り出すことになるだろう思った。彼らが何にも興味を示さずひどく無知であること、それに──彼にとってはとりわけ耐えがたいことだったが──怠惰で覇気が感じられないことを理由に、彼らを叱るだろうと思った。子供たちはフォノグラムの突起に円筒状のレコードをひっかけたところだ。いまや壁の向こう側から流行歌手の声が聞こえてくる。その歌手はあの不死の女、ヴァルヴァリア・ロデンコの呪詛のリズムを模倣している。しかしもちろん平等主義的な内容はことごとく削除されている。ジミー・イウグリエフはジュリー・ロルシャッハのことを、そして彼女との生活を思い出す。アパルトマンに侵入してきたのがヴァルヴァリア・ロデンコの声と音楽だけだという事実を、彼は残念に思う。嘆かわしいことだと思う。結局のところ、彼はずっとヴァルヴァリア・ロデンコの赤い火星旅団がもはや何一つ、誰一人動くものがなくなるまで廃墟に銃弾を浴びせかけ、新富裕層の人間たちを一掃することを願ってきたのだった。あるいは彼自身、つまりジミー・イウグリエフが、彼の愛する女、つまりジュリー・ロルシャッハと共に安らかに眠ること、そして彼女の統合失調症が治るのを待ちながら、象たちに交じって、愛の中で彼女と一体となることを願ってきたのだった。間違いなく、これはひどい一日のはじまりだ。

32　アルマンダ・イクアト

処刑柱にヴィル・シャイドマンをくくりつけていたロープが腐ってきて、彼は奇妙な物語《ナラ》を語った直後や夜に気温が急激に氷点下まで下がったときなど、ときどき結び目の強度を試していた。そしてある日、ついに結び目がゆるみ、腰の後ろで突然すべてがほどけた。

二年前、銃殺刑が失敗に終わって以来、老婆たちはずっと銃の照準を彼に合わせたままだった。彼女たちはテントの近くに伏せ、彼を狙っていた。レティシア・シャイドマンは目尻に皺を寄せ、カービン銃を構え、「シャイドマンのロープが切れたぞ」と叫んだ。全員に動揺が走った。ソランジュ・バッドは敵意もあらわに武器を構えた。とはいえ老婆たちは、以前と同じく発砲はしなかった。

シャイドマンの両手は自由になった。しかし彼は柱の横に立ちつくし、吹きすさぶ風の中で物思いにふけっていた。逃げるすべを知らないようにも見えた。彼は激しい風に身をさらし、荒れ狂う空や秋の鳥を見つめていた。鳥というのは、ステップ原産のヒバリたちのことで、彼らは気流に乗ってくるくる旋回していた。しかし私が「ヒバリたち」と言うとき、特にその中の一匹を念頭に置いている。アルマンダ・イクアトのことだ。

シャイドマンはこの機会を利用しなかった。彼の身体はさまざまな変形をこうむっていたので、全力で走るのは困難だったのだ。放射性の霧の影響で、皮膚病による長い鱗は巨大な海草のようになっていた。遠くから見るとシャイドマンは海草を積み上げた山のようで、その上で頭が乾かされているといった風情だった。彼は奇妙な物語《ナラ》をつぶやき続けており、そうすることで自分が生と死の中間状態に踏みとどまっていることを証明していた。しかし、彼には本物の生物としての身体がなかったし、本物の生理的欲求もなかった。祖母たちは「これはもう、シャイドマンは銃では死なないのではないか」と言っていた。彼は物語《ナラ》を吐き出すアコーディオンのようなものに変わったのだ。それをなおも鉛玉で蜂の巣にしようとすることに、何の意味があるというのか?

彼はもはや老婆たちが死刑を宣告したあの孫とは何の共通点もなかったし、物語をつぶやくことで彼女たちを魅了していた。「我々を魅了するものを攻撃することに何の意味があるというのか？」と言う者もいたが、最終的な結論が下されるには至っていなかった。

　かくして老婆たちは背の低いルバーブやカラガナのまばらな茂みの中、ラクダやヤクの糞の上で横になり、しかしカービン銃からは手を離さず、静かに煙草をふかしていた。重要な決定を下す際にはいつもそうしていたように。

　アルマンダ・イクアトは、リリー・ヤングが立ち上がるのを見た。私が「アルマンダ・イクアトは」と言ったのは、いつも一人称ばかり使わないようにと思ってのことだ。そうしたわけで私は、リリー・ヤングが、今後は自由に移動してもよいとシャイドマンに通告する役目は自分が引き受ける、と口にするのを聞いた。「私が行くよ」と彼女は言った。「こっちから出す条件も伝える。たとえば奇妙な物語《ナラ》を我々に提供し続けること。それから我々以外の者たちが住んでいる地域への滞在は禁止。彼がまた資本主義者や人民の敵と密通しようなんて思わないようにね」

　ヤリアーヌ・ハイフェッツが「あら、リリーったら、またはじまったわね」と言った。次いで誰かが、笑いをかみ殺しながら「こうなったらもう止まらないわよ」と言った。そして三人目に発言したのは、たぶんレティシア・シャイドマンだ。彼女は口からパイプを抜き、同意した。「あの娘がこんなふうにおっぱじめたら、まあ、あの口を黙らせることなんてもうできないね」

　アルマンダ・イクアトはシャイドマンの上空に移動した。シャイドマンはこの出来事をすでに彼なりの仕方で語っていた。私は彼のつぶやきを一、二音節遅れで復唱しはじめた。彼が用いる一人称は私ではなく、むしろ彼自身を指示していた。

「彼女たちの密議は際限なく続いている。彼女たちのしわくちゃの顔は互いに似通っており、頭にかぶっているものによってしか区別できないほどだ。たとえば飾りのないフェルト帽はマグダ・テチュケ、ヤマウズラの羽をあしらったヘアバンドはソランジュ・バッド。しなびた皮膚に代えて頬骨の上にエメラルドグリーンやウルトラマリンブルーの刺繍を入れている者もいる。天気が悪くなってきた。彼女たちはテントに向かうが、私はにわか雨の下に放置される。しかし雨はすぐにやみ、彼女たちは家畜の世話をしてから濡れた草の上にふたたび寝そべる。次いで水が凍る。夜になったのだ。すでに十月末の寒い夜だ。朝になると太陽が水たまりの分厚い氷をどうにかこうにか溶かす。そしてふたたび夕暮れになり、凍えるような夜になる。上弦の月だ。それからすべてがさらにめまぐるしく進む。春になる前に私にとどめを刺すべきかどうか、老婆たちが議論しているあいだ、いくつもの昼と夜が過ぎ去り、いつの間にかすでに下弦の月になっている。それから短い時間、太陽が出る。西の方角が翳り、夜がやってくる。次の日が過ぎ去る。数週間が過ぎ去る。たとえ需要があっても物語《ナラ》は二十四時間に一つだけだ。十二月になり、一月になる。吹雪になる。ステップは昼はまぶしい。夜も星々の下、おそろしいほど白く輝く。老婆たちは交代で暖をとりにくる。ときおり赤い縁なし帽や羽飾りが射撃練習をし、私の頭の横にある処刑柱に弾丸が撃ちこまれる。ミルクティーの香りが私のところまで届く。家畜の糞が燃えるにおいとフェルト製のマントのにおいもする。奇妙な物語《ナラ》は一日一つまで。私はこの点については厳格だ。しかし私は尋ねられたらこう答える。私は祖母たちと一緒に生きていることに満足している、と。もはや資本主義者たちとではなく、ふたたび祖母たちと一緒に生きていることに、私は満足しているのだ」

33 ジーナ・ロングフェロー

　リリー・ヤングの足音が聞こえた。彼女はシャイドマンに減刑を知らせる任務を負っていた。すでに枝全体が灰色になり、ちょっと触れただけでぼろぼろに崩れてしまう白ブダルガナと紫ブダルガナを、フェルト張りの小さなブーツが踏みつける音がした。老婆たちがシャイドマンに乳を発酵させた酒を飲ませ、それから後ろに下がり彼を銃殺しようとしてから二年間、獣さえ立ち入ることを禁止されていたこの場所を、三百歳の老婆が歩いていた。円状に広がるこの殺風景な土地には草が生い茂る小さな谷とささやかな窪地があり、あまりに見慣れたのでシャイドマンが一つ一つ渾名をつけた小石が散らばっていた。その中心にシャイドマンはいた。いまや罪人を縛っていたロープはほどかれていたので、中心は二つになっていた。つまり黒く汚れた処刑柱と、そこから二メートル離れた場所にいる同じように黒く汚れて奇妙な姿をしたシャイドマンだ。リリー・ヤングはそこに近づき、三番目の中心となった。彼女の上には赤い帽子が載っていた。

　彼女は話しはじめた。リリー・ヤングが弁舌をふるうときはいつもそうだが、それは果てしなく続いた。すでに夜の冷気が降りてきて空に星が輝きはじめても、彼女はまだ話し終えていなかった。

「それから近くにテントを張るといいよ。ヴァルヴァリア・ロデンコのテントに住んでもいいがね。ヴァルヴァリア、行っちゃったからね。彼女は、あんたの愚かな行動の償いをしようとして、文明がいまでも残っている場所を訪ね歩いているんだよ。しばらくは戻ってこないよ。それと、私たちが次に移動するときは、あんたもテントを畳んでついてきな。私たちがあんたを監視できるようにね。それと、あんたも家畜がほしいなら……」

　シャイドマンは彼女の前をうろうろし、ぎこちなく彼女を避けようとしていた。彼は恩赦など受けたくなかった。まず、彼は自分が死刑に値することを知っていた。それに、そうなったら彼の体に風穴を空けなかったことを歴史が終わるまで祖母たちに感謝し続けねばならなくなってしまう。リリー・ヤングの話が長ったらしいのも気にくわなかった。さらに、この老婆の息が不快だった。彼女の息は吐き出したルバーブや、ラクダのチーズや、腐植土や、何千回も反芻された唾液や、ミルクティーや、不死性や、収容所の隠語や、ヤクの糞を燃料にした炎や、タールがこびりついたパイプや、薬草のスープや、煙草の煙などのにおいがした。

夜が更けてきた。月が姿を現し、そして沈んだ。一時間半、暗闇が続いた。それから東に曙光が兆した。そしてまた一日の終わりがやってきた。シャイドマンは、地衣類を探し回る動物のように頭を低くしていた。彼は下から見上げるような姿勢で、脂でべとべとになった編み髪とぶつぶつに覆われた紐のような腕を揺らしていた。その振動は帯のように垂れ下がった皮膚と鱗状になった肉にも伝わった。首から胴体を経て脚に至るまで、彼の体全体がそのような状態だった。彼は体を揺らしていた。いくつもの夜が過ぎ去った。月は痩せ、すでにとても細いクロワッサンになっていた。雪雲が草原に垂れこめ、うなりを上げた。しかし雪は降らなかった。次いで昼がとても短くなった。昼と交互に現れる夜には、大地が寒さで縮み上がって震えていた。夕暮れになり、紫ブダルガナの茂みがぼろぼろになって崩れた。白ブダルガナは霜にやられて黒い筵《むしろ》のようになっていた。太陽は地表を熱することを拒んだ。星々の光がきつくなり、青白い色に変わった。世界のビロードのような闇を背景に星々は生まれ変わり、邪悪な輝きへと立ち戻った。壊れた映写機が映し出すスライドのように、昼の風景と夜の風景が次々に入れ替わった。

その間、リリー・ヤングは老婆たちが下した決定の理由を説明していた。シャイドマンは前後にふらついたり、左右によろめいたりしていた。暗くて彼の姿ははっきりせず、ときにはボクサーのようであり、ときには熱でくたばった羊のようだった。リリー・ヤングはときおり地面にあぐらをかいて座り、しばらく休憩した。彼女は煙草を吸ったり、ポケットから固いチーズのかけらを取り出して齧ったり、カービン銃を分解して油を差したりした。

シャイドマンはどこにも行くところがなかったので、リリー・ヤングの独白にうんざりしながらも、その場を立ち去りはしなかった。それに死の不安は去ったが、それが去ったことで彼の中にひどくつらい空虚が残されたということも、付言しておかなければならない。彼はなかなか呼吸が落ち着かず、あまり長い話をすることは控えていた。二百メートル先の立ち入り禁止区域が終わる地点に、シャイドマンの祖母が何人か姿を現した。彼女たちもまたリリー・ヤングのおしゃべりに圧倒された。それらの祖母の一人はときおり、自分の頭の中から何かが消え去ってしまうように感じていた。そこで自分の孫に、リリー・ヤングのことは無視して奇妙な物語《ナラ》を語ってくれるよう頼んだ。シャイドマンの口から語られる奇妙な物語《ナラ》は記憶の穴をふさいでくれると評判だったのである。物語《ナラ》は、具体的な記憶というよりはかつて見た夢、あるいは悪夢を思い出させるものだったが、それでも老婆たちにとっては色あせたイメージを、かつての喜ばしい体験を確かなものにする助けになっていた。物語《ナラ》はアナロジーによって、時間の多層性によって、魔術的効果によって、彼女たちの意識に音楽的に介入する。物語《ナラ》の作用とはそうしたものだった。

ちょうどこの日、マグダ・テチュケは若い頃の大恋愛の記憶の一部が無に呑みこまれつつあることに気がついた。彼女はかつて、友人の夫であり写実主義の作家だったヤルダム・レヴェクに恋をしていた。彼女は彼を誘惑し、ついには彼と結婚した。彼は土地を離れなければならず、彼女もその流浪の旅についていった。彼女は突然、消息を聞かなくなってもう二百二十年になるあの友人のことを思い出した。世界革命の勝利以前には事務所で一緒に働いていたジーナ・ロングフェローのことだ。マグダ・テチュケが、レヴェクが偵察員として送り出された未知の土地に向かって旅をはじめたとき、ジーナ・ロングフェローはまだその職に就いていた。

「さあシャイドマン！　ジーナ・ロングフェローという名前を聞いて何か思い出さないかい？」と、彼女は叫んだ。

シャイドマンが物語《ナラ》を語りはじめるそぶりを見せないので、彼女は彼に向かって這ってきた。彼女のカービン銃が月光に照らされ、枯れ草の中を、霜柱がばりばり音を立てる地面の上を移動してきた。シャイドマンは彼女が近づいてくるのを眺めていた。何をすべきなのかも、何を言うべきなのかもわからなかった。彼にとってロングフェローはレヴェクと名づけた小石の隣にある別の小石の名前だった。マグダ・テチュケの頭が甲羅から飛び出した亀の頭のように刺繡入りのマントから飛び出して揺れていた。

「もちろん」とリリー・ヤングは続けた。「いつヴァルヴァリア・ロデンコが戻ってくるかはわからないわ。でもそれまでは彼女の家に住んでもいいわよ。彼女のテントに行ってストーブをつけなさい。入って右に牛糞を固めたブロックがあるからね」

マグダ・テチュケはすぐ近くまで来ていた。彼女は肘をついて体を起こし、高圧的な口調でシャイドマンに頼んだ。「ジーナ・ロングフェローかヤルダム・レヴェク、あるいは私が主要な天使として登場する奇妙な物語《ナラ》を、大急ぎで語っておくれ」彼が渋ったので、彼女は彼にしがみつき、彼の体を揺さぶった。シャイドマンの体を覆っていた皮膚の帯の一つがはがれ、老婆の手の中に残った。

シャイドマンはうめくように言った。「それでもう満足だろう」

彼はまったく痛みを感じなかった。しかしこの皮膚の剝離は内心きわめて不愉快だった。

老婆は「ああ、そうだね」と言った。

彼女は数メートル後ろに下がった。彼女はいまや言葉を途切れ途切れにつぶやきながら砂利の上を転げまわっていた。彼女は満足げに、むしり取った五十センチほどの長さの皮膚をほとんど盲目の自分の目の前にかかげ、その上に文章を読み取ろうとしていた。夜の中で彼女は読書の身振りを真似ていた。

シャイドマンの奇妙な皮膚の上に刻まれた模様を、彼女は夢中で解読するふりをしていた。大切な友人や失われた記憶を取り戻したふりをしていた。彼女はそれで満足なのだった。

34　マリーカ・バヤーラグ

船は一週間前から入港していたが、下船の許可が下りなかった。何日ものあいだ怒った乗客たちがわめきちらしていた。彼らは朝の七時になると集合し、静まりかえった海と港の設備を調べた。生き物の姿はどこにもなかった。次いで彼らは船長室を取り囲み、真鍮の枠と鋲で強化された分厚い扉を叩いた。さらに荷物をまとめてタラップの前に現れ、舷側にタラップを下ろそうとしたが、うまくいかなかった。船長はこれらの乗客と対話することを拒んでいた。つまり食堂に通じる通路の入り口に、天気予報と献立表のあいだに貼ったビラ以外の手段では、ということだ。乗組員たちは口からでまかせの説明をし、上官たちは質問に対しその場しのぎの返答をしていた。

私はこれら不満気な乗客たちの名前を知らない。それは要するに、私は彼らとつきあいがなかったからだ。彼らは九時頃になると中甲板に散っていった。それから彼らはあちこちの通路や共用の部屋に不機嫌さを持ちこんだ。日に日に不安げになってくる彼らの顔には汗の滴がきらめいていた。彼らは六人だったが、タラップの前で船員たちと暴力沙汰を起こした後は、その数は四人に減っていた。

船内の照明は落とされていた。朝には生ぬるい霧が港を覆った。船のすぐ横に巨大な建物がそびえ立っていた。それは何階もある倉庫だった。そのせいで我々はずっと日陰にいた。薄闇の中で生活することを余儀なくされた乗客たちは、不満を漏らしはじめ、薄暗さは精神障害を引き起こすのだと主張した。彼らは服を着替えなくなり、健康にも無頓着になっていった。彼らが通り過ぎると、においに敏感な者は鼻をしかめた。「あの白人《グリンゴ》ども、体を洗わなくなったんだぜ」と、私に話しかけてくる数少ない船員の一人が言った。彼はナスカ出身の男だった。ナスカはペルーの海岸沿いの砂漠地帯で、リディア・マヴラーニの夢がいくつも繰り広げられた舞台である――あれはずっと前、私がまだリディア・マヴラーニと一緒に寝ていた頃のこと、彼女との関係を完全に失ってしまう前のことだ。彼はさらに「白人《グリンゴ》どもは臭いんだよ。石鹸を使っていないともっとひどくなる」と言った。

停電が頻繁に起こるようになり、とうとう照明の使用が制限された。夕方になると乗務員がランタンを配った。しかし燃料タンクに入っている油はわずかだった。乗客たちはランプから出る煙や、一夜分の燃料をすぐに消費してしまう巨大な炎に文句を言っていた。いまや乗客全員がバーで寝泊まりしていた。そこでなら、つまらない映画に出てくる無愛想な脇役のようにグラスを振り回しながら愚痴を言い合うことができたし、獣のような体臭を共有することもできた。バーの棚はからっぽだったので、彼らが飲んでいたものにアルコールは少しも入っていなかった。船内にある飲み物は生ぬるいお茶だけだった。

暴力沙汰は金曜日に起こった。土曜日になると、私はいくらかシャーマニズムに通じている下等人間として、あのナスカ出身の船員および乗客の代表とともに、死亡者たちの死体を船から降ろす仕事を任せられた。乗客の代表はシェロキー・バヤーラグと名乗った。彼はくじ引きで選ばれた。この男の特徴として、発育の悪い体格、朝にはほとんど汗をかいていなかった平べったく無表情な顔、厚いまぶたのせいで黒い線のようになっている目といったものが挙げられる。我々の誰もが、彼がこの機会を利用し、港に降り立った途端に一目散に逃げ出すのではないかと思っていた。船長は、その場合は彼を追わず、彼のことは運命にまかせるようにと我々に指示していた。

我々は死体を抱えて船の下部に入った。船倉には釜のような熱気がこもっていた。白人を憎んでいる船員はランプを揺らし、番号を探して金属の壁を調べていた。我々の右側には固く閉ざされた長方形の扉が並んでいた。光がM891という記号を照らし出すと、船員はほっとしたようだった。

「これを開ければいいんだ」と彼は言った。

我々は何分間も扉を固定していた金具をがちゃがちゃいわせていた。バヤーラグは手伝わなかった。出口は喫水線のすぐ上に位置しており、扉を外すと青緑色の光が我々を包みこんだ。目の前の水は重油に汚染されどす黒い色をしていた。ポリスチレンの切れ端がただよっていた。出口は我々の作業には十分な大きさがあった。背中に死体を担いで海をまたぎ、三メートル上の波止場に通じている錆びた梯子にしがみつかなければならなかった。水にはほとんど動きがなく、この薄闇の中で波の音はまったく聞こえなかった。

我々はロープを用意していた。ここで作業について詳しく語ることはしないが、そのロープのおかげで死体を水に落とさず運ぶことができた、とだけ述べておこう。最後に波止場のコンクリートに降り立ったのはシェロキー・バヤーラグだった。すでに我々と彼の不幸な仲間たちがそこで待っていた。彼は十五秒ほど死体のかたわらに突っ立っていたが、いらいらして集中力を欠いていた。このときは彼も汗をだらだらかいていた。我々はさらに、これらの重荷を船長が指示した場所、つまり五十メートル先のタンクの裏まで引きずっていかなければならなかった。そこに横たえれば、死者たちは船からやってくる視線を永遠に避けられる。

シェロキー・バヤーラグは一言もしゃべらなかった。我々はひそかに彼を観察していた。彼が出し抜けに走り出す瞬間を、いまかいまかと待ちかまえていたのだ。人気のない広場をジグザグに走り抜け、錆びたコンテナとクレーンのあいだを通って迷路のように立ち並ぶ倉庫のところまで辿り着けば、彼はたやすく身を隠すことができるだろう。

彼が駆け出さないので、我々は乗客たちをタンクの裏まで引きずっていった。波止場はひどく暑く、ひっそりとしていた。乗客たちは腕を広げた格好になっていた。頭が地面の凹凸にぶつかってうなずくように揺れた。脇の下には少量のセメントの粉やほこりくずがたまっていた。

タンクの裏側には、ぼろ切れの山と二枚のマットレスがあった。そこに五、六匹の鼠と乞食の老婆がいた。老婆は老けすぎてほとんど顔が消滅していた。我々は彼女から一メートルほど離れた場所に死体を横たえた。彼女はそれを見ていたが文句は言わなかった。ところがその後で、彼女はこちらの有り金を全部よこせと言ってきた。現金を持っていたのはシェロキー・バヤーラグだけだった。おそらく逃亡中に、あるいは新たな土地で新たな生活をはじめるために使おうとしていたものだろう。彼は二ドル半持っていた。彼はしばらくためらった後、差し出された手に金を落とし、それから身をかがめた。彼は震えていた。彼はこの老婆を前にして突然、まるで彼女とすでにどこかで会ったことがあるかのようにたじろぎ、何か暗黙の了解があるようなそぶりを見せた。

「あんたがマリーカ・バヤーラグなら、おれの運勢を占ってくれ」と彼は言った。

老婆はぎこちない動きで小銭を受け取った。硬貨が一枚、埠頭の端まで転がってゆき、そのまま海に落ちた。

「ああ、今日は不運な日だ」と老婆は言った。

「ここから抜け出すチャンスがあるかどうか、教えてほしいんだ」とシェロキー・バヤーラグは食い下がった。

老婆は表情のない目を彼に向けた。シェロキー・バヤーラグの歯ががちがち鳴っていた。老婆は我々の前では話したがらなかった。私は死体に向かって弔歌を口ずさんだ。それから我々はその場を立ち去った。老婆はすでにシェロキー・バヤーラグのために託宣をつぶやいていた。彼は老婆の前で息をあえがせ、ぶるぶる震えていた。

我々が梯子を降りようとしていると、シェロキー・バヤーラグがタンクから離れて我々を呼び止めた。老婆は彼に、彼にとっても今日は不運な日だと告げたに違いない。彼はもう一度もごもごした叫び声を上げた。船外に一人取り残されたらと考えて恐怖を感じているようだった。彼はもう一度叫び、我々が返事をしなかったので、我々に合流するため駆け出した。

35　レイチェル・カリッシミ

　プレール通りの向こう側、一番西側の地区には、人々が犬を連れこんで食っている地下蔵がある。その北東に隣接する地区では、ハンマーや毒矢で人を殺す方法を学ぶことができる施設を犯罪者の集団が運営している。北西に向かうと寂しい通りが何キロ四方にも広がっているが、うろついている人間は誰もいない。南東に移動し次の地区に入ると、英国人亡命者が八人、強制移住させられたシャイアン族の男が一人、そしてウドムルト人が二人いる。南に方向を転じると、かつて労働者共同組合が旅行者相手に商売をしていた場所に出る。そこでは魚の干物やコミュニストの肖像とスローガンが彫られた骨などが売られていた。当時の活動の名残は、かつて土産物が並べられていた鉄製の折りたたみ式テーブルと旅をやめてここに居着くようになった一人の旅行者だけだった。この旅行者は、偽物の象牙でつくられたジェルジンスキーの小像を首からぶら下げ、二百十一年間もここを動かなかった。さらに南には湖がある。水は夏も冬も同じように生ぬるく、健康に害があった。水を入れた容器を何時間か地下に置いていても冷たくならなかった。それを不満に思いながらも、その水を飲んでいる人たちもいた。口に含むとぱちぱちはぜて気色悪かった。湖の東岸、瓦礫だらけで草も生えていない地帯を通り抜けると、シャーマンが住んでいる地区に出る。そのシャーマンは死んだリスを復活させたりカワウソを生き返らせたりする膏薬をつくっていることで有名だ。彼はそうした動物を蘇らせて食べているのだ。湖の南岸には工場の跡地がある。そこにある原子炉の炉心は三百六十二年前から火に包まれている。南東に進むとかつては巨大な駅舎といくつものプラットホームがあった場所に出る。その証拠に、その後に建設された地下室の中を、十一、二メートルほどレールが壁を突っ切っている。この丸天井の地下室には、人間の行動を狂わせるガスがたまっている。夜になるとそこに浮浪者が入りこんでくることがある。彼らはしばしば、日が暮れるとすぐさま相手と知り合いもしないうちから性交しようとする。そして性交が終わると互いの体を食べるのである。さらに先に進むと貯水槽がある。何人かの老婆が洗髪に使っている水がその中で腐っている。この地区を通り過ぎるとシエル゠シェニュ通りが見えてくる。そしてその通りを最後まで進むと、母親を太らせて食べようとしているシュターン兄弟が住んでいる界隈に近づく。シエル＝シェニュ通りのさらに向こう側、しばしばバッファローと呼ばれている橋を渡ると、そこには虎の飼育場がある——夢の中でしかそこには入れない。虎たちは色が白く、ぞっとするほど美しい。彼らは地面に水平に張られたガラス板の下に閉じこめられている。彼らは上を見上げながらうろうろし、苛立たしげに自分の脇腹を尻尾で叩いている。彼らは歩行者の重みでガラスが割れるのを待っている。こうした事情があるので、飼育場に近づくのを避ける者はかなり多く、要するに、あえてここまでやって来る者はほとんどいない。さらに北に向かうと木立が見える。柳が二本、エンジュが一本、ヤマナラシが三本、楡が一本ある。砂地が五百メートルほど続き、その向こう側には新富裕層の人間たちが年間二ドルで一人の女中を雇っている地区がある。その女中は彼らの代わりに部屋を掃除し、彼らの代わりにシャツを洗う。彼女はレイチェル・カリッシミという名前で、これまで何人も資本主義者を殺していたが、彼らを食べてはいなかった。そのとはいえ、奇数番地側の三番目の建物には一人の男が住んでいる。彼はヴァルヴァリア・近くから大通りが延びている。その通りは轍だらけで、両側には無人の家屋が並んでいる。ロデンコの演説をすべて暗記しており、要望に応じてそれを再現することができる。大通りの北端を越えると、人はふたたび完全に誰も住んでいない地区に入りこむ。私が

「人」と言うとき、念頭に置いているのは下等人間《ウンターメンシエン》のことだ。たとえばウラン・ラフ、つまり私のことだ。青黒い色に染まった何千ヘクタールもの土地に鉱滓《こうさい》が散らばり、風が吹いている。そのすぐ南西側に灰色のツンドラが広がっている。東南東の方向におよそ三千七百キロメートル進むと〈まだらの麦〉と呼ばれる場所がある。かつて獣医たちが老婆たちをそこに閉じこめておいた。彼女たちは死ぬことがなく、身体が変化することもなかったが、食べられなかった。この養老院はあらゆるものから遠く、収容所からさえ遠かった。伝承によれば、それら不死の老婆たちはかつてある大きな過ちを犯し、以来ずっとその過ちを償おうとしてきた。彼女たちはぼろ切れでできた人間を無から生み出し、その人間が地上にドルの流通とマフィアをふたたび導入したと言われている。この遠い目的地を目指す代わりに、バッファローに戻ろうと思うなら、まず何にもつながっていない風車が昼も夜も不気味に回り続けている中庭を通り抜けることになる。ウラン・ラフはそこに住んでいる。

36 アズムンド・モイシェル

我々は性懲りもなく、これまでの失敗を忘れて、現在の地図では空白になっている場所を目指して出発した。はるか彼方の地にいまでも男と女が存在しているのか、ヨルバ人やケチュア人やオロチ人が存在しているのか、我々は知りたかったのだ。オクラホマの墓穴の上にはまだ何かがただよっているのか、メコン川や珠江やウスリー川に逃げこんだ人々に何か手助けできることはあるのか、知りたかったのだ。

　風がそよぐ気持ちのよい朝、我々の帆船は出発した。さざ波が船体にぶつかって歌い、フォアマストがうなっていた。やがて平手打ちの音と罵り声が聞こえてきた。船内で急に蝿が増え、作業中の船員たちを悩ませていたためだ。この蝿の発生は、ミルク、そして最後には肉を提供してくれることを期待して水牛を船内に連れこんでいたという事実によって説明がついた。長い船旅では当然のことだが、船倉にはあらゆるものがたっぷり積まれていた。乾パンの他、大量の飲み水と、タンクが汚染された場合に備えて水質浄化剤も積まれていた。

夕方まで一人の犠牲者も出すことなく航行した。この幸先のよい成果に勇気づけられ、我々は夜になっても錨を下ろさず、ひたすら南西に向かって進むことにした。兵曹が予備の帆を広げるよう命じた直後、船は機雷に触れ、たちまちのうちに崩壊し沈没した。食料と牛と一ダースばかりの人間がすみやかに海底に沈んだ。幸いにも、この難破は陸地近くで起きた。生存者たちは浅瀬を歩いて海岸にたどりついた。彼らは我が身の無事を喜んでいたが、相変わらず蠅に悩まされていた。蠅たちは海に沈んだ家畜を追ってはいかなかったのだ。

陸に上がると、八人の水兵が任務から降ろしてくれるよう要求した。彼らは野原を横切って自宅に帰っていった。我々は九人しか残っていなかった。明日どうなるのかもわからず、夜が何かよい知恵を授けてくれるのを待っていた。我々は服を脱いで、乾かすため枝にかけ、それから眠ろうとした。しかし夜明けまでずっと虫の襲撃に苦しめられた。誰一人まんじりともしないうちに日光が見えてきた。我々は疲労が抜けないまま制服に着替えた。残りの船員たちが船の衛生状態および安全基準について不満を述べはじめた。そして、アズムンド・モイシェルという名の整備兵長が口にした厳しい糾弾の言葉を皮切りに、暴動が起こった。船長は棍棒で殴打され、意識が戻ったときには頭がおかしくなっていた。ほとんど全員が逃げ出してしまい、我々は船長を含めて二人だけになった。船長はもはや任務を遂行できず、延々とたわごとを述べていたので、船長という肩書きはそのまま残しておいたが、我々は彼を解任することにした。ここで「我々」というのは、とりわけあなた方に語りかけているこの私のことであるが、ずうずうしくもこの評決に参加した蠅たちのことでもある。

正午近くになると、我々は協力して南西に向かうことにした。つまり、我々の航海に致命的な結果をもたらした方角だ。海岸に沿って土手が続いていた。登ってみると枕木と線路があった。我々はその上を歩きはじめた。線路は海抜二メートルほどの高さに敷設されていたが、小さな入り江がたくさんある海岸線沿いに伸びていたので、しばしば陸地を離れ、その場合は泥の中に埋めこまれたコンクリートの柱だけで支えられていた。この空中に浮かぶ道は歩行者用ではなかったので、我々はひどく体力を消耗する仕方で飛び跳ねながら進まねばならなかった。

我々の左側では、無人の荒野が太陽に照らされじりじり音を立てていた。そこを犬たちがうろついていた。そいつらは我々の方に駆け寄ってきて、それから数時間、我々を警戒しつつ少し離れた場所から鼻をくんくんいわせてにおいを嗅いだり、こちらに向かって吠えたりしていた。我々の右側では、浅瀬の海水がきらきら輝いていた。たまに座礁し朽ち果てた葦船を見かけた。

船長はおのれの内的世界を呼び出し、私に向かってこれ以上ないほどばかげた信念を伝えるため、語気を強めた。「わかるか、あのモイシェルだよ」と彼は言った。「おれはあいつを愛していた。かつて人々がまだ息子というものを持つことができた時代に、自分の息子を愛したようにだ」さらに彼は犬に向かって吠えていた。あるいは蝿に刺されると、唇を不格好に突き出して低いうなり声を上げていた。彼との会話の面白味といえば、以上に尽きていた。

午後四時頃、我々の視界に駅が現れた。そこには掘っ立て小屋があり、蒸気機関車と炭水車が停車している待避線があり、旅客のための雨よけシートがついたプラットホームがあった。

私は駅の管理者を探した。そいつは掘っ立て小屋の中で、ラジオの雑音を子守歌代わりに居眠りしていた。番組は何もやっていなかった。私の説明を聞いているあいだ、彼の表情からは、こちらの協力の求めに対してどのような判断を下すのかまったく予想がつかなかった。すでに日が暮れかかっていたので、彼は飯盒二つとフリーズドライのスープの袋をいくつかくれた。そして次の満月の日までこの付近の好きな場所で寝泊まりすることを許可してくれた。彼によれば、次の満月の日から冬期の時刻表通りに列車が動き出すということだった。

我々は雨よけシートの下に陣取った。この付近はよく人が通りかかったので、何人かの現地人が、我々の船長の支離滅裂ではあるが滑稽な話を面白がって、ささやかな食べ物を恵んでくれた。それだけでレストランの裏口やごみ収集車を漁らなくていいだけの量があった。こうして一週間が過ぎた。月が太くなってきた。

船長は元気を取り戻し、鉄道員たちがやって来ると、自分で機関車を運転したいと申し出た。彼にはその技能がないことを指摘されたが、それでもしつこく食い下がったので、彼は機関車の運転手に殴られた。

しばらくして彼は目を覚ました。列車はすでに走り出していた。スピードはあまり出ていなかった。我々は北東に向かっていた。よくあることだが、我々はやむをえず出発点に戻ろうとしていたのである。船長は、現在は左手に見えている海の方へ身を乗り出した。

髪が風で乱れていた。彼は勝ち誇ったような笑顔を浮かべていた。機関車は七秒ごとに汽笛を鳴らした。巨大な月は、光はまだ淡かったが、風景の上に魔法のような輝きを落としていた。右手では、犬たちが群れになって走りながら吠えていた。「かのアズムンド・モイシェル、私の心の息子よ」と船長は叫んだ。「よくぞ不幸のどん底で持ちこたえた！……なんという勇気！……なんという明敏さ！……羅針盤も逆向きにしちまう！……おれたちの先を行っているんだ！」

私は強烈な喜びを感じていた。ついに冒険は再開されたのだ。南西だろうが北東だろうが、どっちだっていいじゃないか？　私は舵手に向かって、そのまま針路を保つよう叫んだ。内陸の風が我々の耳もとでうなっていた。「かのアズムンド・モイシェル！……」我々は一緒にうっとりとなって言った。「なんという勇気！……なんという明敏さ！……」

37　ヴィトルト・ヤンショグ

その年、夏至の日がまたもや満月と重なった。君はいくつか要件を述べた。一年でもっとも短い夜であること、満月であること、金曜日であること。君は次のことをつけ加え、可能性をさらに限定した。一ヶ月前から磁気嵐も降雨も生じていないこと。四十八年前、初めてこれらすべての条件が揃ったが、あの男はやってこなかった。

君は門の前で、道をふさいでいる小さな赤い砂山の頂に座って待っていた。そのときアルシーナ・バイアジは、コンクリートブロックの上に並べられた役立たずの道具——太鼓、花輪、香水の瓶、潤滑油の瓶、アルコールの瓶、紐が滝のように垂れ下がっている派手で大きな冠——の只中をうろついていた。

月は君たちの頭上をゆっくりと動いていた。通りは静かだった。ときどき建物の壁の内側から鶏やほろほろ鳥が鳴く声が聞こえた。アルシーナ・バイアジは養禽も行っていたのである。

君は生温かい砂に半ばうずもれた自分の足を見ていた。君は何もしゃべらず、ぼろぼろの爪と硬くなった指の皮膚と木の枝のように浮き出た腕の血管を見つめていた。君は通りの両側に並んでいる無人の家を、黒いアパルトマンの黒い窓を、星々やとても明るい月を観察していた。アルシーナ・バイアジがウイグル文字で「アルシーナ・バイアジ シャーマンによる立ち会い出産」と書こうとして、実際には「アルシーナ・バイアジ シャーマンによる立ち会い性交」と書いてしまった看板を、君は何度も読んだ。君は視線をそらした。その看板に間違いが含まれていること、単語を一つ取り違えていることを、彼女に教えようとさえ思わなかった。すでに人類の歴史は、人類が絶滅しつつあるばかりか、言葉の意味さえ消滅しつつある段階にさしかかっていた。君はこれから起こるかもしれないことが少しばかり楽しみで、くつろいだ気分になっていた。先週の金曜日、君とアルシーナ・バイアジはリハーサルを行った。彼女が君に求める動作を、君は細部まで暗記していた。いずれにせよ、アルシーナ・バイアジはずっと部屋の中にいるだろう。たとえ一瞬でも君があの男と二人きりになることはないはずだった。

「彼がやって来ると、本当にそう思っているの?」と君は言った。アルシーナ・バイアジは「思っているわ」と断言した。「彼はヴィトルト・ヤンショグという名前で、少しエンゾ・マルディロシアンに似ているの。もちろん、ちょっと似ているだけなんだけど、それでも何か関係はあるのよ。彼のシルエットは、収容所から出てきたばかりのエンゾを思い出させるの」君は「その男も収容所に入っていたの？」と尋ねた。そうよ、と彼女は断言した。「彼は十九年間、鉄条網の中にいたの。あなたの要望通り、彼があなたに話しかけることはないわ。これはあなたが自分の中に他の誰でもなくエンゾ・マルディロシアンの存在を思い浮かべることをより容易にするためなのよ」

月は君たちの頭上をさまよっていた。壁が真昼のように明るく照らされていた。何匹かのイモリがアルシーナ・バイアジの太鼓のそばを這っていた。

君は知っていた。性交がうまくいって生殖に至ったとしても、何かが生まれる可能性は五百八十億分の一以下であることを。この数字も、他の数字も、意味することは同じだ。それが意味しているのは、人類が滅びてしまったということだ。君は頃合いを見て下着を脱ぎ、男に君の中をペニスでかき回させなければならない。そのことを考えて、君は恥ずかしさでいっぱいになった。しかし君は、エンゾ・マルディロシアンなら種の存続という大義のために君がこの儀式の原則を受け入れるよう励ましてくれただろうと考え、心を奮い立たせた。ごくわずかな可能性しかない悲劇的な種の存続という大義のために。「彼が資本主義の信奉者じゃないことは確かなの？」と君はふたたび尋ねた。「あのねベッラ、彼は新富裕層の人間とは違うわよ」とアルシーナ・バイアジが答える。「彼は清掃会社で働いているの。彼は掃除夫なのよ」

砂の上のあちこちに月光が落ちている。風が君の隣にある砂山の頂をなでている。大気はまだ焼けるような熱さだった。君は首と口と目のまわりのわずかな汗をぬぐった。三匹の犬が薄闇の中から現れたが、うなりも吠えもせず、通りの西側に抜けていった。「わかるでしょ、私は資本主義の支持者に体を貫かれたくはないの」君はそう言っていた。アルシーナ・バイアジは、最初は言葉によって、次いで一口のアルコールによって、君を落ちつかせた。君たちの会話のテンポがゆるやかになった。やがて二、三秒の短い発作が何度か起こり、君に眠りが訪れようとしていた。あの男は来ないことが明らかになりつつあった。

そのとき、アルシーナ・バイアジは思慮深げに魔術の道具を操っていた。彼女は埃を払ってから、それらの道具を持ち上げ、設置した。潤滑油の瓶に近寄ってきた蟻を手の甲で払った。彼女は夜になればすぐ儀式がはじまるだろうと考えていたが、それは間違いだった。彼女はその考えに基づいて準備をしていた。つまり、君の上に乗っかっているヴィトルト・ヤンショグが彼女の踊りを見て、彼女の裸体に魅了されるようにと、すでに服を脱いでいたのである。

私は何度もベッラ・マルディロシアンと言わなくてもいいように、そして私がもっぱら自分自身の体験、自分自身のことだけ語っていると人が思いこまないように、「君」という単数二人称を用いて語っている。

以上が、夏至の夜に起こったことである。

38　ナイッソ・バルダチャン

老婆たちはばりばり音を立てる草の上を這い回っていた。テントの周囲を巡るように移動していた。

　その中の一人が激しく咳きこんだ。おそらくソランジュ・バッドだ。ここ数週間というもの、彼女の気管支はぼろぼろだった。夢の中で塩素を吸いこんだためだ。彼女は狼たちと一緒に、煙が立ち上る汚染された沼の前に座っていた。暗かったが、確認できるかぎりでは、周囲の風景はすべて緑色、それもとても深い緑色に染まっていた。沼自体は黄味がかった黒い色をしていた。空には何一つ輝いていなかった。背後で鳴っている音楽が耳について離れなかった。ナイッソ・バルダチャンの弦楽四重奏曲『ゴリド第三歌』だった。この音楽のためか、それとも周囲の雰囲気のためか、狼たちはこうした状況においてしばしば襲われる吠えたいという欲求を抑えていた。何匹かは頭を前足のあいだにうずめ、周囲を探るように目だけを動かしていた。体を丸めて寝転がっているのも何匹かいた。死んだ狼だった。

『ゴリド第三歌』は二百八十一年前に書かれて以来、一度も演奏されたことがなかった。ナイッソ・バルダチャンは、いまでも個々の人々——女性、それもきわめて高齢の女性であることが多い——の夢想の中をさまよっていたが、彼の楽譜をわざわざ解読しようとする者は誰もいなかった。かつて一度だけ発表されたその楽譜は、人間の耳が期待するもの——人間の耳が何かを期待していると仮定するなら——から巧妙に、あるいは暴力的に隔たっていた。ほぼ二世紀のあいだ、ナイッソ・バルダチャンの署名のある楽譜はおよそいかなる譜面台にも乗ったことがなかった。さらにヴァイオリン奏者、ヴィオラ奏者、チェロ奏者は地球上から完全に消滅した。いまでは『ゴリド第三歌』を聴くためには、それにふさわしい眠りが訪れるのを待つしかなかった。この曲を聴けば、バルダチャンがこうむった追放の憂き目が客観的な理由をまったく欠いたものだったことがわかる。バルダチャンが用いる和声に粗野なところはまったくなかったし、旋律は一切の下品な理屈っぽさを欠いていた。それはすさまじく感動的なものだった。以来、バルダチャンの作品を鑑賞する聴衆は、彼が作曲していた当時いつも思い描いていた理想の聴衆に近づいてきた。その聴衆とはつまり、生きている狼と何百歳にもなる不死の女、そして死んだ狼である。

ヴィル・シャイドマンはヴァルヴァリア・ロデンコの寝台に中途半端に寝ころんでいた。ヴァルヴァリア・ロデンコが自分の孫が犯した過ちを正すため旅立って以来、テントはずいぶん痛んでいた。ヴィル・シャイドマンはこの場所ではくつろげなかったし、十六年前に恩赦を与えられ、この新しい住居をあてがわれて以来、いかなる物品にも手をつけていなかった。老婆たちが遊牧で移動しても彼はついていかなかった。そのためテントは一度も畳まれることなく、とうとう布を支えている骨組みが腐ってきて、一部が崩壊しかかっていた。ヴィル・シャイドマンは起き上がり、入り口を覆っている長方形のフェルトの方へゆっくりと歩いていった。足取りはぎこちなかった。体のあちこちから垂れ下がる海草のような皮膚が前進を妨げていた。皮膚は脚の内側にひっかかり、がさがさ音を立てていた。

「シャイドマン！」と誰かが叫んだ。

「シャイドマン、みんなここにいるよ。あんた何をしてんだい？」と別の老婆が問いつめた。

「いま行くよ！」と彼は叫んだ。

いつもと同じ、あの要求の多い声だった。その響きは彼の記憶のもっとも古い層まで突き刺さった。それは彼の誕生の最初の瞬間、さらにはそれ以前、つまり祖母たちが胎児の彼をこねくり回し自分たちの世界観を教えこむため彼の上でわめいていた時期にまで至った。

彼は幕をめくって外に出た。彼は入り口のところに五分間、ヤクのようにじっと立っていた。

「バルダチャンの弦楽四重奏を聴いたよ」と彼は言った。

老婆たちが近づいてきた。彼女たちは悪い癖を身につけていた。彼に向かって手を伸ばし、彼をおぞましい肉の茂みに変えていた垂れ下がった皮膚をつかむという癖だ。ときにはそれを勢いよく引きちぎることもあった。彼女たちの懇請にもかかわらず、彼が奇妙な物語《ナラ》を一日に一つ以上提供することを拒んだため、物語《ナラ》の代わりに皮膚の切れ端をもらおうとしたのだ。彼女たちはその海草のような皮膚をひったくると、それをしげしげと観察し、においを嗅いだり齧ったりした。そうすることで耄碌《もうろく》によって時間の淵に消えていった思い出のかけらが取り戻せるのだと、彼女たちは信じていた。彼女たちはその汚らしい海草と奇妙な物語《ナラ》の違いを知ってはいたが、物語《ナラ》が不足しているときはこの方法で気持ちを静めることができると気づいたのだ。ヴィル・シャイドマンは彼女たちの好きにさせることもあれば、させないこともあった。

「こっちに来るな」と彼は命令した。「我々は『ゴリド第三歌』を聴いていた。そこにはソランジュ・バッドがいた。我々はみな沼のほとりにいて、闇の中で生じていた黄色いモアレ効果に見とれていた。塩素が長い渦を巻いて蒸発していた。私の横でバッタル・メブリドという名の狼が死んだところだった」

「焦茶色の狼だね。ふさふさした灰色の尻尾がついていて、顔に薄茶色のしみがあって、銃で撃たれた傷のせいで右前足が不自由な狼だね」とソランジュ・バッドが言った。

ヴィル・シャイドマンはもごもごと不満を口にした。彼は奇妙な物語《ナラ》の朗唱を中断されることを好まなかった。

「いや違う」と彼は言った。「塩素の緑色がかった輝きの中で、そいつは赤く見えた。それに足を引きずってなんかいなかった」

「それじゃあ、バッタル・メブリドじゃないわね」とソランジュ・バッドはつぶやいて、また咳きこみはじめた。

老婆たちはシャイドマンの皮膚の一部を剝がそうと四方から手を伸ばした。ソランジュ・バッドのひどい咳きこみは止まなかった。シャイドマンは一歩後ずさりした。

「バッタル・メブリドというのは私のことだったんだ」と彼は言った。「私がいつも自分のことばかり話して他の人たちのことは決して話さないと思われないよう、その名前を使った。しかしそれは私だったんだ」

39　リンダ・シュー

マイアーバー大通りにほとんど車が走っていなかったある夜、アバチェイエフはランビュタン大通りとの交差点にある巨大なマンションに明かりが灯り、次いで消えるのを目撃した。それからの数夜のあいだ、彼は何度も明かりの存在に気がついた。誰かが五階に住んでいるのだ。統計的には女である可能性がかなり高い。少なくとも二分の一の確率だ。アバチェイエフは孤独に押しつぶされそうだったので、この新しい隣人のために料理をこしらえて持っていってやろうと決心した。

アバチェイエフは手のこんだレシピをいくつも知っていたが、食材が足りなかった。頭の中にある料理に必要な材料を集めるのに三日かかった。その料理とは、まずモンゴル風子羊のソテー、そして鶏肉のグリーンカレーだった。

彼は料理に取りかかった。まず子羊からだ。本物が手に入らなかったので、子羊と鶏はカナルの岸で拾ったカモメの死体で代用せざるをえなかった。死体は大きく、ずっしり重かった。カナルの青緑色の水の前であらかじめ羽をむしり、骨を取り除いておいた。残った皮も取り除いてしまうと、肉をソテー用に薄切りにし、カレー用にはもっと大きな塊に切った。薄切り肉は生姜、ニンニク、醬油、ごま油、酒をベースにしたマリネードに漬けこんだ。その上に大さじ一杯のでんぷん粉をふりかけて揺すった。

ニンニクや生姜よりもきつい肉のにおいが手にこびりついた。彼は手を石鹼でごしごし洗った。解体したカモメの種類は不明だった。陽気な鳥ではなかったし、いずれにせよすでに死んでいた。翼のつけ根の襞になった部分から一番強烈なにおいがした。しかし他の部分もかなり臭かった。アバチェィエフはもう一度手を洗った。自分の体にこの汚い鳥のにおいがこびりつくのは耐えがたかった。

次にココナッツを割ってミルクを取り出さなければならなかった。アバチェィエフは果肉をおろし器にかけ、それを搾ってボール二つ分の液体を手に入れた。それから種を抜いておいた緑唐辛子をそこに加えた。それとは別に、小さく刻んだ赤唐辛子と三摑み分のコリアンダーの種と小エビのペーストとクミンを一緒に炒めた。

熱されたスパイスのにおいが広がった。アバチェィエフはそれをすり鉢に移し、手元にあった生姜とニンニクを加え、丁寧にすりつぶした。それからペーストを油で炒めて焦げ目をつけた。そしてそれを唐辛子の利いたココナッツミルクに投入した。ココナッツミルクの中ではすでに一番太ったカモメの肉と一番痩せたカモメの手羽先が煮えていた。

同時に複数の料理をつくる場合、一番大事なことは、一つの料理を別の料理のために犠牲にしないよう、つねに調理の時間をコントロールできるよう、主要な段取りを整えておくことである。たとえばぎりぎりの時間になってからあわてて野菜の下ごしらえをすることは、悪い結果につながる。アバチェイエフはそれを知っていた。だから彼は、そうする必要があるものは前もって切っておく、ないしは刻んでおくようにしていた。やきもきしながら鍋を見張っているあいだ、その時間を利用してタマネギを細い三日月型に切り、食卓に出すとき子羊のソテーにちりばめるごまを袋から出し、それをカップに移しておいた。そして火を止めてからカレーにしぼり汁をかけるライムを取ってきて、手の届く場所に置いておいた。

それから食器を洗った。散らかっていた台所が少し片づいた。彼はすり鉢や食器を拭いて戸棚に入れた。

台所にはさまざまなにおいがあった。ほとんど破壊的なまでに幅をきかせていたエビペーストのにおいが、周囲のより穏やかなにおいと調和するようになっていた。カレーはもうすぐ完成しそうだった。アバチェイエフは、大さじ三杯のピーナッツバターを加えてから弱火にした。カレーに添える米はなかった。三つの容器を同時に運ぶことはできないので、米はなしにしたのだ。栄養学的には残念なことだったが、客観的に見ればやむをえないことだった。

アバチェイエフはフライパンに油をひいた。油はじゅうじゅう音をたてた。彼はそこにタマネギを投入した。子羊ないしはその代用品を焼く前に、タマネギを黄金色になるまで炒めなければならないのだ。

その瞬間、ガスが止まった。

じゅうじゅういっていた油の音がさっと引いた。

アバチェイエフはうめき声を上げた。ガスは何日間も止まったままになる可能性があった。彼の前では熱慣性によってカレーがぐつぐつ煮え続けていた。

アバチェイエフはガスの元栓を閉めた。彼はまだうめいていたが、平常心を失ってはいなかった。彼はメニューを変更することにした。チキンカレーと一緒に出すのはカモメのタルタルステーキにしよう。マリネードのおかげで生肉は香りがついて柔らかくなったことだろう。彼はカレーにライムの搾り汁をかけ、ちょっとだけ熱した三日月型のタマネギとごまをマリネされた肉にふりかけた。これらの料理の見た目はよかった。

これでもうアバチェイエフはアパルトマンを出る準備ができた。

彼は大通りを渡るのに手こずった。車が多かったし、腕の中に抱えている鍋のせいですばやく方向転換したり飛び跳ねたりすることができなかった。それでもなんとか通りの反対側にたどりついた。そしてランビュタン大通りへと向かった。

夕方になろうとしていた。街灯が人気のない歩道を照らしていた。歩行者は一人も見えなかった。自動車の運転手たちはアバチェイエフの横を通り過ぎる際にはスピードを緩めたが、彼女たちの名前は一瞬しか見えなかった。彼女たちは登録プレートの明かりをすぐ消してしまったからだ。

運転手の中に、ヤシュリーヌ・コガンという名前の女がいた。

別の女の車が通り過ぎた。リンダ・シューという名だった。彼女もプレートから名前が知れたのだ。

カレーが冷めてきたので、アバチェイエフは足を早めた。

その後の彼の消息は不明である。アバチェイエフは無事によき隣人としてプレゼントを届けることができたのだろうか？　彼は歓迎されたのだろうか？　それとも煙たがられただろうか？　建物の五階までたどりつけたのだろうか？　それより前、ランビュタン大通りの角を曲がった後、彼はヤシュリーヌ・コガンかリンダ・シューに呼び止められなかっただろうか？　彼のカレーは喜ばれただろうか、それとも不快に思われただろうか？　タルタルステーキはどうだったのか？　この夜ふるまわれた料理のうち、どちらが最初に食べられたのだろうか？

40　ディック・ジェリコー

　さて、よく聞いてくれ。もうふざけたりしないから。問題なのは、私の話すことが真に迫っているかどうか、巧妙に語られているかどうか、超現実的かどうか、ポスト＝エグゾティシズムの伝統に連なっているかどうか、といったことではない。あるいは、私がこうした言葉をまくしたてているのは、恐怖にかられてつぶやいているということなのか、それとも怒りにまかせてどなりちらしているのか、それともすべての生物に対するかぎりない愛情によってなのか、といったことでもない。私の声、つまり私の声と呼ぶことになっているものの背後に、人々は現実に対するラディカルな闘争の意志を見ているのか、それとも単なる現実を前にしての統合失調症的な投げやりを見ているのか、あるいは——現在と未来を前にしての絶望と嫌悪の影がそこに落ちていようがいまいが——平等主義的な詩の試みを見ているのか、といったことでもない。そんなことは問題ではないのだ。あるいはヴィル・シャイドマンが生きていたのはいつなのか、リュッツ・バスマン、フレッド・ゼンフル、アルシオム・ヴェシオリといった世間的に評価はされていないが重要な小説家たちよりも前なのか後なのか、収容所や牢獄の時代のことだったのか、その直後だったのか、あるいはその二世紀後や九世紀後のことだったのか、ということさえ問題ではない。またここで語っている者たち、あるいは沈黙している者たちの言葉がアルタイ語の方言と関係しているのか、スラヴ語族や中国語の影響下にあるのか、あるいは実はロッキー山脈やアンデス山脈のシャーマンの言語に近く、それらよりさらに秘教的だったりするのか、ということも問題ではない。そんなことはまったくどうでもいいことだ。私はここでそうした類の思弁ための材料を提供することは一切しない。私はここで不調和やら世界の魔的ないし隠喩的擬態とやらをもてはやす詩学上の立場を表明しているのではいささかもない。私は現代の言葉で話しているだけのことだ。私の語っていることはすべて全面的に真実である。たとえ語り方が断片的だったり、暗示的だったり、気取っていたり、異国的だったりしてもそうなのだ。対象を直接には語らず、その周囲をぐるぐる回っているだけだとしてもそうなのだ。すべては私が描き出す通りにすでに起こったのだ。すべてはあなた方の、あるいは私の人生のある時点ですでに生じたのだ。あるいはこれから現実あるいは夢の中で生じるのだ。この意味で、すべてはきわめて単純である。イメージはおのれ自身を語る。イメージには作為などない。イメージが含んでいるのはおのれ自身と語り手だけである。だからここでこれまでの成果を数字で表したり、現状をありのままに報告したりしても、ほとんど無益である。

たとえばヴァルヴァリア・ロデンコの世直しのための叙事詩、権力者を抹殺せよという呼びかけ、あらゆる特権の完全廃止への願いといったものを考えてみよう。それが反動的な夢なのかどうか、ヴァルヴァリア・ロデンコの銃声は本当に現実の中で響き渡ったのか、あるいはこれから響き渡ろうとしているのか、といったことは重要ではない。そんなことはまったく問題ではない。ヴァルヴァリア・ロデンコが町々を渡り歩き、過激主義への回帰を説き、その最小限の闘争計画をためらいなく実行に移していたことを、私はあちこちで語ってきた。彼女の闘争は、第一に、無から蘇った者たち、すなわち搾取者やマフィアの構成員、および搾取やマフィアの支持者たちを物理的に排除すること、第二に、経済的不平等をもたらすあらゆる仕組みを廃棄し、一切のドルの流通を即刻廃止すること、この二つを基本としていた。あの女が通った後には資本主義者の血が大量に流れている、などと言われたものだ。それは言い換えれば、彼女の後にはもはや金持ちと貧乏人、大富豪と乞食の違いなどなかったということである。したがってヴァルヴァリア・ロデンコが通った後、人々はついにふたたび助け合いながらつましく暮らし、恥じることなく新たな廃墟を築くことができるようになった。あるいは少なくとも、恥じることなく掃き溜めに住むことができるようになった。こうした事実は、小説の独創性とは何の関係もない。それは百パーセント真実と一致しているのであり、それを余計な叙情的描写によって重々しくしてしまうことは望ましくない。

しかし一つだけこれまで触れていない事実がある。おそらくそれが唯一、私がここで語りたいことなのだ。ヴァルヴァリア・ロデンコはつねに重くのしかかる孤独の中で行動していたわけではなかった。彼女がどこかの町にやって来るという噂を聞きつけると、私たちはファンファーレと横断幕とペミカン、それに手に入るときは乳酒を用意して彼女を歓迎したものだ。「私たち」というのはこの場合、カナルに隣接する地区の何人かの人々、つまり私とディック・ジェリコー、それにディックのパートナーであるカリーン・ジェリコーのことである。私はハーモニカを吹き、カリーン・ジェリコーは歌い、ディック・ジェリコーはアルト・レベックでそれに伴奏をつけた。彼は一流のレベック奏者ではなかったが、極上のペミカンをつくることができた。ヴァルヴァリア・ロデンコが次の町では私たちの町ほど手厚いもてなしを受けられないのではないか、と私たちは懸念した。そこで私たちは旅楽団となり、彼女の大陸横断の行程を先回りした。私たちは楽器と一緒に棍棒も持っていった。ある町から別の町へ移動するために、しばしば数年にわたって荒廃した土地を歩き続けなければならなかった。まるで人類の黎明期で、こんな距離の移動は人間の尺度に合っていなかった。この惑星にはまだ人が住んでいる場所がいくつも残っていた。フブスグル湖の近辺、あるいはメコン川やオルビーズ川の流域がそうだった。いくつかの集落が、死亡率や気候の変化に応じて順番に首都の役割を担っていた。しかしルアン・プラバンを特筆すべき例外として、それ以外の集落の名前は記憶から抜け落ちてしまった。ヴァルヴァリア・ロデンコが気に入っていた音楽家の一人は、カーント・ディラスだった。私はいつも演目にディラスのマドリガーレを入れていた。彼女はにおいのきついパイプをふかしながらその曲を聴いていた。曲が終わると彼女は廃墟の奥に眠りに行った。そして翌日になると、不幸の人的原因を根絶する計画を具体的に実行するため、場所を確認してからまた旅立ってゆくのだった。私はときおり彼女の人殺しを手伝った。ヴィル・シャイドマンが署名したひどい政令は、人類の消滅を早めはしなかったが、それを遅らせもしなかった。子供はもうほとんど生まれなかった。受胎によって何かを生み出すためには、我々のやり方、老人たちのやり方を用いなければならなかった。私はときおり、この方面でも、廃墟の奥でヴァルヴァリア・ロデンコを手伝った。

41　コンスタンゾ・コッス

最後の渡し船がもやい綱をほどいた。クリリ・ゴンポは綱が泥の中に落ちる音と操舵輪がきしむ音を聞いた。それに続いて船の水かきがなめらかな水を叩く音も聞こえた。浮き橋の入り口にある切符売りの小屋の前で誰かが不平を述べている声も聞こえた。切符売りの男は毎晩ひどい方の岸で椰子を編んだ小屋に寝泊まりしていた。「別にそれでいいよ」とその声は言った。「渡るのは明日にするよ」それからその声はしつこく繰り返した。「明日朝の船に乗るよ。始発の船は料金が安いんだろ？」

クリリ・ゴンポの周囲では、光が川のとろりとした水の表面をなでていた。八百メートル離れた向こう岸では、光は鬱蒼たる木々を赤みをおびた黄金色にきらめかせていた。そのさらに向こう側にははっきり識別できるものは何もなく、ぼんやりした緑色が延々と続いていた。というのも、この川を越え、水上の集落といくつかの寺院が建っている狭い地帯も越えると、広大な無人の森が広がっていたからである。

太陽が沈みかけていた。

ゴンポは目を細めた。彼はココヤシの幹に寄りかかっていた。あと十六分残っていた。

「時刻表なんてどうでもいいんだよ」と例の声が言った。「おれが知りたいのは割引のことで……」

「割引ですか?」ついに渡し船の係員が対応した。「どういった方向けの割引でしょうか?」

クリリ・ゴンポはココヤシのぼろぼろになった樹皮に背をあずけ、居眠りしているふりをした。残念ながらその場所は快適ではなかった。夕暮れ時にはたまにあることだが、何百匹もの羽蟻が昼間過ごしたヤシの木を離れ地面に向かって落下してきたのである。ゴンポはこの蟻の雨に襲われ、肩や腕や頭が黒く染まった。しかし彼は注目を集めてしまうことを恐れ、体を動かして蟻を払い落とすことはしなかった。

「ああ、難民だよ」と男は言った。「それは割引の対象ではありません」と相手は言った。

「そうなのか」と男は残念そうに言った。それから男は自分を悩ませている身体的および精神的な障害、自分と家族が以前あるいは最近見舞われた不幸な出来事を次々に挙げはじめた。ところが、そのどれもが半額料金への権利を正当化するものではなかった。男はしまいに「おれの名前はコンスタンゾ・コッスだ」と言った。「これは道化師の名前だ。芸人の交通料がただの土地もある。ここは違うのか？」

　渡し船は音もなく遠ざかっていった。川のこちら側に残っていたのはゴンポと切符売りの男とコンスタンゾ・コッスだけだった。二人は口論に熱中しており、十メートルほど離れた場所で木に寄りかかって寝ているらしいみすぼらしい身なりの男を見てはいなかった。とはいえ彼ら自身の身なりも自慢できるようなものではなかった。シャツと帽子は破け、ショートパンツは薄汚れていた。壊れかけたサンダルはラフィアヤシの繊維でざっと修繕してあった。渡し船の係員は布かばんを肩掛けにしており、コンスタンゾ・コッスの荷物はスーパーマーケットの住所が印刷されたレジ袋だった。彼ら二人は旅行者にはまったく有利にならないさまざまな窮状を列挙し、その網羅的リストを作成しようとしているかのようだった。コンスタンゾ・コッスが料金免除や値引きを受けられるはずの理由を挙げると、係員がそれを却下するのだった。「誰かが手荷物としておれを船に持ちこんだらどうだ？」とコンスタンゾ・コッスは提案した。「下等人間《ウンターメンシュ》という資格ならどうだ？　荷物の中で縮こまってるよ。身動きもしない。頭の上に汚い小包が落ちてきても文句は言わない。

だめか？」

「だめです」

夜の静寂には永遠不変の美しさがある。一羽の白鷺が岸に沿って川下に移動し、そのうち見えなくなった。バナナ園の方では空はもう赤くなかった。川が折れる辺りにすでに青みがかった靄が立ちこめていた。蟬たちのやかましい鳴き声はすでにやんでいた。水牛が鳴いた。船着場に向かう道は蚊でいっぱいだった。蛙が鳴いた。対岸に漁師たちが小さく見えた。彼らは同じく小さく見える小舟の上から網を引き上げていた。あちこちで明かりが灯るのが見えた。渡し船はもはや黄土色の水に浮かぶぼんやりした染みでしかなかった。クリリ・ゴンポの頭の中で酸素ボンベの音が鳴った。それにより、さらに一分が経過したことが知れた。

何十匹もの羽蟻が彼の首の上でひしめいている。「じゃあおれを死体として登録したらどうだ？　バラ売りの商品としてならどうだ？　遺失物としてならどうだ？」と男は提案した。

ゴンポの鼻の下や耳の後ろや首筋に汗が玉をなし、次いで流れ落ちた。「バルブという名前の女が出てくる悪夢をたまに見るんだ」とコンスタンゾ・コッスは言った。「これは割引の対象になるんじゃないか？　ほんの少しなら？」

「じゃあおれが宇宙人だったら？」と彼は不意に提案した。

それから何かが小声で話されていた。二人はこちらに近づいてきた。クリリ・ゴンポは彼らが自分をにらみつけていることに気がついた。コンスタンゾ・コッスは錯乱しているようだった。「蟻まみれの宇宙人か？」と、彼はぶっきらぼうに吐き捨てた。

ゴンポは震え上がった。こんなふうに面と向かって、この地上の現実とは無縁な者ではないかと疑われたのは、この三百年間で二度目のことだった。疑いが正当なものかどうかとは無関係に、それはひどく不快なことだった。

42 パトリシア・ヤシュリー

おぞましくも単調に過ぎ去った三十二年間の後、私はある夢を見た。その夢の中で、人々は最近ソフィー・ジロンドに会ったと断言した。これまでに過ぎ去った三十年あまりのあいだ、私はずっと彼女を待ち焦がれてきた。彼女を見失いたくなければ、何としてもこの夢の中にとどまって彼女を待つ必要があった。

それは本当に恐ろしいことは何も起こらない類の夢だったが、始終ひどく居心地が悪かった。町はいつも夕暮れのようで、すぐに道に迷ってしまった。砂の下に埋もれてしまった地区があり、そうではない地区もあった。路上で何か起こっていると思って目を向けると、決まって鳥が死ぬところだった。鳥はすべるように降下してきて、痛々しい音を立ててアスファルト上を跳ねたが、鳴き声は上げなかった。そして少しするともがくのをやめた。

私はこの場所に、つまりこの夢の中、この町に住みついた。無数の廃屋があったが、他のあらゆる場所と同様、ドアは暖をとるための薪として使われてしまったので、適当な住居を見つけるにはかなり不便な界隈を探さなければならなかった。私は赤い砂丘のそばにある三部屋のアパルトマンを手に入れた。生活がはじまった。危険はなかったが、快適でもなかった。人は私につかみどころのない、何だかよくわからない仕事をいくつも任せた。しかし最終的には焼却炉付近での安定した仕事をあてがってくれた。私は「人」と言ったが、これは何らかの社会的組織があるように思わせるためで、実際には私は一人ぼっちだった。

十ヶ月後、私はソフィー・ジロンドと再会した。

彼女はアルシェ通りを歩いていた。一組の男女が一緒にいた。私は三百二十七年前、収容所でその二人と知り合いだった。パトリシア・ヤシュリーとチンギス・ブラックだった。

私は三人に声をかけた。彼らは振り返り、すぐに身振りで反応した。

私たちはキスを交わした。ソフィー・ジロンドは太っていた。それに悲しげだった。彼女は何分間も、まるで世界に彼女と私の二人しかいないかのように露骨に自分の体を私にこすりつけてきた。私の顔に運命の女《シャーマン・ファタル》シャーマンの官能的な息を吐きかけてきた。私の肩や尻を触ってきた。私たちはおぼろげな光の中でしばらくそうしていた。ほんの一音節すら声を出すことはできなかったし、前向きな考えであれ後ろ向きな考えであれ、何らかの考えを口に出すこともできなかった。ただ自分たちに情熱が欠けていることはわかっていたし、周囲で時間が流れていることもわかっていた。そしてカラスやハゲワシやサイチョウや九官鳥や鳩がアスファルトの上に落下し衝突死していることもわかっていた。

そのうち、パトリシア・ヤシュリーが加わった。彼女は私たちの上に、自分の肩にかけていた黒いショールをかぶせ、私たちを抱きしめた。私たち三人はもやもやした愛情によって歩道の上を揺れ動きながら、肉体のあいまいなメッセージを交換していた。私たちは自分たちがあまり興奮していないことが残念だった。はっきり言えば、私たちはこの瞬間を十全に味わってはいなかったのである。

チンギス・ブラックは排水溝の前にうずくまっていた。バトンガ収容所のモンゴル人たちが休憩するときよくそのような姿勢をとっていた。彼は私たちの肉体の劇が終わるのを待っていた。パイプに火をつけ、その煙越しに通りを眺めていた。磁気嵐がやってきそうだった。大気が深い薄紫色になり、たまに緩慢な稲光が蛇のようにうねった。乱れた髪の毛のような鈍い火花と大理石の石目のようなオゾンが見えた。

その後、私たちは巨大な砂丘がある地区に向かって歩いていた。そのときソフィー・ジロンドが、ラック＝エヤーヌ通りの方を身振りで示した。入り口しか残っていない映画館の前に小さな人だかりができていた。まるでそのうち上演がはじまるかのように、彼らは列をつくっていた。

「気をつけろ、たぶん罠だ」とチンギス・ブラックは言った。

私たちはそこに近寄っていったが、その集団からは慎重に距離を保っていた。彼らは十四人いた。全員がとてつもなく汚かった。髪の毛はぼさぼさというより、ばりばりに固くなってさえいた。彼らは私よりも暗い表情をしていた。彼らは薄闇の中で待っていた。私たちと目を合わそうとはしなかった。

最後の上映が行われたのは、少なくとも三世紀前のことだった。ずっと同じ場所に貼られていたポスターはとてつもなく黄ばんでいた。とはいえまだいくつか読める文字が残っていた。タイトルは『シュルム以前』。バトンガでも上映されていた長編映画で、つまらない映画だった。

「行ってみるわ」と、不意にパトリシア・ヤシュリーが言った。

「やめてくれよ」とチンギス・ブラックは頼んだが、彼女の決意は揺るがなかった。

彼女は奇妙な観客たちの中に紛れこんだ。私は二、三分ほど彼女の姿を目で追っていたが、見失ってしまった。観客たちが一斉に動き出したためだ。彼らは一気に移動したかと思うとふたたび動かなくなった。この瞬間から、彼女と他の人たちの見分けがつかなくなった。

「戻ってこないだろうね」とチンギス・ブラックが言った。

「でも少し待ってみよう」と私は言った。

私たちは映画館の正面にある砂山の上に座った。ソフィー・ジロンドは私の横にへたりこみ、それから立ち上がった。彼女は一言もしゃべらなかった。彼女は本当に、私の記憶の中の彼女よりずっと太っていた。それに自信なさげで、生きる意欲もなくしているようだった。

私たちの頭上五メートルの場所で磁気風が鋭く乾いた音を立てていた。鳥たちがまたもや私たちの近くの地面で、舗石や砂の上に身を叩きつけていた。チンギス・ブラックは不安を静めるため、鳥たちの種類を特定しようとしてポケットから巻き尺を取り出し、鳥たちの大きさを測っていた。彼は嘴から尾まで、および両翼の端から端までの長さを測った。その数値がかなり異常だと、彼は軽く嫌悪の叫びを上げ、その鳥を放り出した。彼は顔を上げた。私たちの目が合った。私たちは会話をはじめようとしたが、うまくいかなかった。

チンギス・ブラックと私は収容所体験を共有していたし、鳥類学に対する中途半端な興味と暗い表情、そしてソフィー・ジロンドとパトリシア・ヤシュリーというあの二人の女を共有していた。二人のどちらかを永遠に失ってしまったのではないかという恐怖を共有していたし、映画『シュルム以前』への否定的評価も共有していた。しかし私たちは、もはや一緒に話すことも、一緒に黙りこむこともできなくなっていた。

43　マリア・クレメンティ

千百十一年前から毎年十月十六日はいつもそうだったが、今夜も私は夢の中でヴィル・シャイドマンという名前になっていた。私の本名はクレメンティ、マリア・クレメンティなのに。

私は飛び起きた。窓にはめられた鉄格子越しに月が震えているのが見えた。薄汚れた象牙のような色の丸くて小さな月だった。月は熱をおびていて、奇妙にもずっと震えていた。ただしそれは私がある病気にかかっていて、闇の中では視覚がおかしくなるせいでもある。私は目を開く。すると私が受け取るイメージの中に光の染みがただよい、揺れ動くのだ。この建物内からは人間が立てる物音はしなかった。私の呼吸には仲間がいなかった。廊下の突きあたりのひびが入った配管の下に、誰かがバケツを置いていた。そのバケツに水滴が落ち、まるで井戸のように長々とした反響が聞こえた。ドアの下から外気が入りこんできた。周りではあらゆるものから嫌なにおいがした。私はできるだけ早く、もう一度眠りたかった。枕の上に、寝ているあいだにごっそり抜け落ちた白髪があった。私は汚い雌犬のように息をあえがせていた。

一分もするとあの夢が戻ってきた。またしても人は私にヴィル・シャイドマン役をやらせた。もちろん、残念ながら演出家の名前がわからないので私は「人」と言っているのである。

シャイドマンのことは昔から知っていた。しかし彼は壊滅的な状態にあった。もし人が私に彼の肉体に入りこむ機会を与えてくれなかったら、私にはとても想像できなかったほど壊滅的な状態だった。彼は膨張し、枝分かれしていた。彼の身体はもはや生物としての規範に従っていなかった。かつては頭や肩や腰であったはずの部分から、さらにはかつてはヴァルヴァリア・ロデンコのテントを煙で満たしていたストーブだったはずの部分から、巨大な鱗――砕けやすい鱗もあれば、そうではない鱗もあった――が絡み合って生えていた。

私は自分の足の下に、虫も家畜もいなければ秣《まぐさ》も置かれていない空っぽのステップ、不在で覆われたステップを感じていた。もはや何ものとも交わることのない死んだ大地だった。すべての人が地上から消え失せてしまった。例外は老婆たち、あるいはむしろ老婆たちの残滓、つまり本当にわずかなものだった。すさまじく寂しい夜と交代しながら、昼は果てしなく繰り返された。いまでは週に何度も流星群が見られるようになっていた。そのため地表は赤みを増し、火星に近づいてきた。隕石からは有害なガスが発生した。何時間も呼吸できないことがよくあった。

周囲では老婆たちが円を描くように這っていた。彼女たちの体はぼろぼろで、記憶も失われていた。いまではもう私の皮膚に爪や歯を突き立てて体液を吸うこともできなかった。もはや感情も願望も失っていたが、それでも私の周囲をゆっくり巡っていた。彼女たちは不死だった。引き延ばされた生には適応できていなかったが、どうやって死ねばよいのかわからないのだった。ときおりかつて鍋だったものにぶつかったり、いっとき彼女たちの骨格を補強していた鉄骨を叩いたりしていた。ときにはあいまいな身振りによって、私がどんな状況下でも彼女たちのために奇妙な物語《ナラ》をつくり続けるべきだということを伝えようとした。実際、ヴィル・シャイドマンは、身体の変形や周囲にはびこる無にもかかわらず、毎日のように物語を語り続けた。おそらく、彼にはそれ以外何も語ることはなかったし、することもなかったからである。あるいは祖母たちに対する彼の同情がとんでもなく誠実なものだったのかもしれない。あるいはまったく別の、今後誰一人解明することのできない理由があったのかもしれない。聴衆の反応はもうなかったし、地平線の向こう側も含め、あらゆる場所であらゆるものが死に絶えていたので、彼は話を最後まで終えないことがあったし、思いつきだけを語ることもあった。しかし平均すれば、彼は毎日何かしら新しいことを語っていた。彼は自分の物語《ナラ》を、四十九個の断片の集成としてまとめた。その一つ一つに彼は番号を振り題をつけた。

この夜、この十月十六日に私は、次の集成には『無力な天使たち』という題をつけたらよいのではないかと、彼に提案した。私はかつて、別の世界の別の状況下で、あるロマンスのためにこの題を用いたことがある。しかしこの題は、シャイドマンが完成させつつあるこの集成、この最新の寄せ集めに似つかわしいものだと思えたのだ。

月は夢によって、そして流星群によってぼやけていた。白熱した隕石が次から次へと夜を貫き、鋭い音とともに大地に穴をうがっていた。それはささやかな宇宙の声だった。

私は隕石がぶつかるたびに目を覚ました。隕石は私の足元で跳ね、一瞬鋭い音を立ててから静かになった。暗闇の中では目の焦点がうまく合わなかった。この壁の向こう側、鉄格子の後ろで震えている月を、私は見つめていた。ときおりすべての光が消えることがあった。自分がヴィル・シャイドマンなのかマリア・クレメンティなのか、もうわからなかった。私は行き当たりばったりに「私」と言っていた。私の中で誰が語っているのか、そしていかなる知性が私を生み出し、私を観察しているのか、私は知らなかった。私はすでに死んだ男なのか、それとも死んだ女なのか、それともこれから死ぬのか、私は知らなかった。私は、私より先に死んだすべての動物たち、そして消え失せた人間たちのことを考えていた。そしていつの日か誰の前で『無力な天使たち』を朗読することになるのだろうか、と考えていた。さらに困ったことに、この題名の後に続くものが何なのか、私にはよくわからなかった。それは奇妙なロマンスなのだろうか、あるいは単に四十九個の奇妙な物語《ナラ》の寄せ集めなのだろうか。

　そして突然、私は老婆たちと同じように、永遠に終わらないものを前に途方に暮れた。どうやって死ねばよいのか、私は知らなかった。私は話す代わりに闇の中で指を動かした。もう何も聞こえなかった。私はただ耳をすましていた。

44 リム・シャイドマン

ヴァルヴァリア・ロデンコは、錠をカービン銃で壊して部屋に入った。鶏たちが鳴きわめき、大量の土埃や羽毛や日用品やプラスチックのボトルの中を飛び回っていた。というのも、淡い月明かりの中、この騒動によって棚が崩壊したからである。棚に載っていたものは資本主義マフィア最後の男が寝ていたベッドの横にぶちまけられた。部屋は鶏と壊疽《えそ》のにおいが充満していた。マフィアの男は腕を伸ばして枕元のランプをつけた。彼はやつれた顔をしていた。その顔に少しずつ諦念まじりの不安が浮かんできた。彼の唇は存在しない言葉のかたちにねじれた。彼は恐怖を感じ、毛布をはねのけ身をよじった。一週間前、ヴァルヴァリア・ロデンコは彼の膝に傷を負わせた。だからこそ彼女は、彼の後を追ってこの隠れ家までたどり着くことができた。彼の太ももに汚い包帯が巻きついていた。三十秒後、今度はマフィア最後の男の姪が部屋に入ってきた。彼女は資本主義者ではなかった。

彼女は獣医や統計学者たちと一緒に調査局で働いていた。彼女は現在の人口が三十五人の個人を含むことを知っていた。その中には彼女自身とヴィル・シャイドマンと何人かの不死の老婆たちとこの資本主義者一味最後の代表者が入っていた。しかしこの男はもうじき死ぬだろう。彼女は肩をすくめた。彼女は妊娠していた。腹の袋の中には、獣医の助けを借りながらも彼女がほとんど一人でつくり上げた子供が入っていた。すでにリム・シャイドマンという名が与えられていたその娘は、地上にふたたび秩序と収容所と博愛を打ち立てることになるだろう。姪は自分のおじには一瞥もくれず、窓枠から身を乗り出した。外にはカナル大通りの端と煉瓦色の砂丘、それに雲との戦いに疲れた月が見えた。ヴァルヴァリアはマフィアの男の胸郭をナイフで切り裂き、モンゴル式に手をつっこんで中を探った。指が大動脈に触れるとそれをつまみ上げ、掌で心臓を握りつぶした。今日は十月十七日だった。最後の金持ちの男の姪は、夢想の中で自分の子供と一緒に世界の残骸の中を歩き続けていた。

ヴァルヴァリア・ロデンコは、今度は枕元のランプを破壊しようとしていた。彼女は何度も床に投げつけたが、ランプは壊れずに転がるばかりだった。彼女はそれを血まみれの手で拾い上げ、スイッチを切った。

45　ドラ・フェニモア

ドラ・フェニモアは不安定な状態になっていた。人々は昼夜を問わず、彼女を押しのけ、突き飛ばしていた。彼女は全力で自分の身体をシュローモ・ブロンクスに押しつけなければならなかった。彼女は彼の肺や腰や左足をおそろしい力で圧迫した。数日後、シュローモ・ブロンクスは、もはや皮膚は防壁の役目を果たしておらず、二人の身体は裂けて一つに融合したことを悟った。私の計算では、そのときすでに十月十八日の明け方になっていた。私はドラ・フェニモアを愛していた。彼女が私に溶け合うことで、私の体を重たくし、私に苦痛を与え、私の筋肉に違和感をもたらしたことに不満を感じない程度には、私は彼女を愛していた。突然、彼女が怖がっていることがわかった。私の腕は他の者たちの身体でがっちり挟まれていたので、その腕を解き放って彼女を愛撫し、彼女を安心させることはどうしてもできなかった。疲労のせいで、また空間内での私の位置のため、彼女に視線を向けて微笑みかけることもできなかった。残念なことだ。私の微笑みが自分に向けられているのを見たら、彼女は喜んでくれただろうに。移動がはじまって最初の一週間、私は二人が共同生活を通じて考え出した一連の愛の言葉をずっとささやいていた。いつか二人で身を寄せ合いながら、まるで私たち二人しか存在しないかのように、まるでこれまで何一つ起こらなかったかのように愛を交わし合う日のために、私たちが二人で考え出した言葉だ。彼女がそれらの言葉を聞いていたかどうかはわからない。彼女には返事をするだけの力がなかったのだから。私の方では最初から、息を喘がせる人体の吐き気を催させるような陰気さに囲まれて、彼女が息苦しそうにしているのがわかっていた。私が「私」と言うとき、部分的にはシュローモ・ブロンクスを指しているが、あくまで部分的にでしかない。というのも、私はイオナタン・レーフシェッツとイズマイル・ドーキスのことも念頭においているからだ。彼らはかつて私に押しつけられ、最終的に我々三人の鎖骨は粉々になって絡み合ってしまったのだ。さらにはレーフシェッツ以前にも、この共同の肉体に吸収された者がいた。ここでは彼らのうち、フレッド・ゼンフルについて語っておくことにしよう。彼にとって、あれは最初の旅ではなかった。あのとき彼は、ある一角に垂直に押しこまれていた。首は狭まれてねじれ、頭はある女によってその角に押さえつけられていた。その女は不幸にも太っており、隣人たちを自分の重みで押しつぶしながら、身動きせず、何も言わず、立ったまま泣いていた。私の目の高さに板の裂け目があり、外で光が闇から分離するときには、たまに外で起こっていることを見ることができた。あるいは何も起こっていないときには、かつて何かが起こっていたのだろう舞台を眺めて楽しむことができた。フレッド・ゼンフルは私の反対側、つまり右舷にいたので、彼も私と同じ特権、同じ視覚上の利点を享受できていたはずである。実際、後に彼は自分が見たものを語った。彼はその光景を『最後の七歌曲《ミュルミュラ》』という小著で描写したのだった。この本には、かなり退屈な七つのつぶやきが収められており、明らかに彼の作品中もっとも出来の悪いものの一つである。とはいえ彼が語っている内容は、私が左舷で目にし、仲間たちの、そして私自身の気を紛らわせるため誰にともなく語った内容とは似ていなかった。フレッド・ゼンフルは板の隙間から、秋の森林の広大な風景を見ていたからである。その風景はほとんどつねに、見事なまでに収容所が近いことを告げていた。彼が見ていたのは積み上げられたカラマツ材や暗い色の小さな沼、見張り台や錆びた貯水槽や錆びたトラック、倉庫、不潔なバラックといったものであり、ときには木々に隠れたトナカイの群れであり、煙であり、何百キロにもわたって広がる誰もいない土地だった。私の前の板の隙間から見えるものは、それとは異なり、ほとんどつねに都市の風景だった。誰もいない交差点や廃線になった線路に、人気のない大通りが続いていた。狼と乞食らしき人影を除けば、その廃墟にはほとんど誰も住んでいなかった。たまにエレベーターの中や交差点で、人食いたちが彼らの犠牲者を取り囲んで騒いでいるのが見られた。とはいえ、普段は話の種になりそうなことは起こらなかった。だから私は、物語の題材を自分自身の内部、最近の自分の記憶の中に探す方を好んでいた。たとえば私はこんなふうに語った。「今夜またドラ・フェニモアと一緒にカナル通りを散歩している夢を見た」一、二秒沈黙してから、私はこうつけ加えた。「ドラ・フェニモアは美しいドレスを着ていた」誰かが彼女の服装ををもっと詳しく知りたがったので、私は次のように述べた。「スリットが入った、丈の長いチャイナドレスだった。色は紺でショッキングピンクの折り返しがついていた」賞賛の声が収まるのを待って、私は続けた。「カナル通りには、私がいま板の隙間から見ている光景と同じ雰囲気があった」先に進む必要があったし、人にも話を続けるよううながされたので、私は言った。「つまり、その雰囲気が夢のようにすばらしいものなのか、それともひどく不吉なものなのかは不明だったということだ」そしてさらにこう言った。「たとえば、私たちの頭上を巨大な鳥や蝶が飛んでいた。それらの生物は、新たな社会的および気候的条件に私たちよりもよく順応していた」背後から、そうした生物にはどんな特徴があるのかもっと正確に教えてくれるよう頼む声が上がったので、私は言った。「羽があり、驚くほど濃い灰色で、体組織はビロードのようになめらかだった。目はとても黒くて、私たちの夢の中を覗くことができた」私は少し休んでからつけ加えた。「そうした生物たちが飛び回っている中を、ドラ・フェニモアと私は散歩していた。心配なのは生きることだけだった」さらに少し後で、こうした考察を補足するため、私は次のように述べた。「私たち二人は夕闇の中で、空に羽ばたきの音を聞いていた。その音を聞きながら、私たちは体を寄せ合って呼吸していた。何もしゃべる必要はないことはわかっていた。ときにはもっと強く抱き合うため、私たちは歩道の上に寝そべった。あるいは垣根に近づいて、向こう側を見ようと目を細めた。ときには建物を引っ掻きながら、あるいは建物を粉々に破壊しながら、近くに鳥が落ちてきた。とても静かで、誰も叫んだりしなかった」

46 センギュール・ミズラキエフ

滝のような雨音が突如として大きくなった。次いで、その轟音は弱まり、引いていった。暗い空間をかすめながら雨が降っていた。時間はまだ流れていなかったので、にわか雨は知らぬ間に止んでしまった。ぽたぽた落ちる滴の音を最後に、静けさが戻ってきた。

そのときクリリ・ゴンポが咳きこんだ。湿気のせいではなく、一週間前から息をしていなかったためであり、また移動中の煤が彼の気管をつまらせたためだった。咳きこんだおかげでその細い管の通りがよくなり、彼は内耳の奥の声を聞くことができた。その声はゴンポという彼の名前と、彼が果たすべき任務――世界を知るために有用なイメージを集めること――を思い出させた。彼は当初の目的からはずいぶん離れてしまったが、少なくともある時点で体勢を立て直すことはできたわけだ。日付は十月十九日、月曜日だった。話していたのは私だ。これが彼にとって最後の潜水になること、それはおよそ十一分九秒続くことを、私は彼に伝えた。

クリリ・ゴンポはパン屋の近くに立っていた。彼は耐えがたい吐き気に襲われ、ショーウィンドウのそばに行って地面にくずおれた。そしてアステカ族のミイラのような格好で歩道にうずくまった。それは行動に備えて我々が好んでとる姿勢だった。つまり膝を肩にくっつけ、その膝に両腕をまわし、死んだ直後のように少し上半身の力を抜くという姿勢だ。彼の右手にはプラリネのにおいがただよっていた。左手には換気口が地下倉のかび臭いにおいを吐き出していた。店は閉まっていた。

四分間、ゴンポは吐き気を我慢することで精一杯だった。人々が彼の前を通り過ぎていった。ある者はレインコートを着ており、ある者は古生代のような顔つきをしていた。犬あるいは猫すら連れている者もいたが、犬や猫はゴンポに気づき、においを嗅ごうとして綱をひっぱった。フェイクのアルパカ毛皮のコートを着た老婦人が身をかがめ、彼の足元に硬貨を投げた。おそらく五十セント硬貨だ。出来事はどんどん起こっていたが、得られた情報はまだ乏しかった。自分がやってきたこの世界をもっとよく観察しようと、クリリ・ゴンポは立ち上がった。彼は自然と物乞いの姿勢になっていた。

標識から、彼は自分がアルドワーズ通りにいることを知った。そこには興味を引く建物は何もなかった。道は狭くて坂になっていた。

　センギュール・ミズラキエフという名の男が近寄ってきて、差し出された手に一枚の硬貨を置いた。おそらく一ドル硬貨だ。彼はちょっとためらった後、時刻を尋ねた。クリリ・ゴンポは不注意から、左手首を確認するのではなく、私がそのとき彼に伝えていた指示を生真面目に翻訳してしまった。あと五分四十九秒残っている、というのがその内容だった。

「五分四十七秒ほどで終了だ」とクリリ・ゴンポは言った。

「そうですか」とその男は言った。

　彼はゴンポのぼろ着から放たれているひどい炭のにおいに気がつき、まごついていた。そして突然、青ざめた。

「いずれにしても時間ですね」と彼は言った。

　クリリ・ゴンポはうなずいた。男は首回りが変形したマリンブルーのセーターを着ており、知的な雰囲気があった。つまり字を読むことができ、ひょっとすると一冊か二冊フレッド・ゼンフルの小説を読んだことさえあるのではないかと思わせる雰囲気だった。男は立ち去った。後をついて行くペットはいなかった。

それ以降、ゴンポに与えられた最後の時間が尽きるまで、もはや意味のあることは何も起こらなかった。こんなひどい結果しか出せなかったゴンポを吸い上げると面倒なことになりそうだったので、我々は彼をアルドワーズ通りに放置した。

47　グロリア・タッコ

　十月二十日、我々は避難路に入った。各々が各々の仕方で体を揺らし、背後に炎や血が隠れている扉をどうにか避けようとしていた。我々はもはや二人しか残っていなかった。月が沈み、三時間が経過した。それからまた月が出た。それから太陽が昇った。そしてまた一日の終わりがやってきた。グロリア・タッコが先に立って歩いていた。彼女は頭を低くし、下から見上げるような姿勢になっていた。彼女は脂でべとべとになった編み紐のような髪とぶつぶつに覆われた細長い帯のような腕を揺らしていた。そんな状態の彼女を見るのはつらかった。彼女はもうすぐ、フレッド・ゼンフルの本の最後の方によく出てくるヴィル・シャイドマンのようなおぞましい姿になってしまうのかもしれない。涙で視界がぼやけていた。グロリア・タッコは振り返った。彼女は私の五、六メートル先を歩いており、炎のうなりを突っ切って私のところまで理解可能な言葉を届けるのにいささかの努力を要した。「急いで!」と、彼女は気味悪いほどなめらかな声で叫んだ。「時間通りに子宮に入りたければ急いで! 熊たちの出産がはじまるわよ! あいつらもう苦痛でのたうちまわっている頃よ!」この警告を了解したことをグロリアに伝えるため、私は手を振った。彼女はまた何かを叫びかけたが、騒がしい場所にさしかかったので途中で言葉を切った。私は足を早めはせず、むしろ危険から身を守るため居眠りしはじめた。我々の周囲でアパルトマンが燃えていた。空気を引き裂いてエレベーターが落ちてきた。焼け焦げた死体もひっきりなしに落ちてきた。この真っ赤に燃え上がる松明のような死体と、それらが一瞬下方に投げかける光以外には、ほとんど明かりはなかった。月はほぼ四分の三が欠けており、二日後にはもう我々の歩みを照らしてはくれないだろう。涙が顔を浸食していた。まるで溶ける仮面をつけているようだった。私はグロリア・タッコの後をついていった。彼女は暑さのため服も髪も失っていた。私に向かって早口に何か忠告をしたが、もはや何を言っているのかわからなかった。その近くで雌熊たちがよだれを垂らしながら吠えていた。それらの熊たちは体内が熱くなって苦しんでいた。最初の収縮がはじまっていたのだ。鋭い鎌のような月がまた現れた。我々ががむしゃらに進んでいるこの避難路では、ドアはすでに焼けてしまったか、古びて倒壊していた。ところが永遠に壊れないように見えるドアもあった。私はそうしたドアの一つに八八五という番号が書いてあることに気がついた。それは私があまりによく知っている数字であり、不吉さを感じずにはいられなかった。それは私の部屋の番号だったのである。我々は同じ場所に戻ってきたのだ。私は退屈な説明にかかずらうのを避けるため「私の部屋」と言っているのだが、八八五号室は、当初から私が押しこめられていた部屋だった。隣はソフィー・ジロンドの船室だった。つまり私が愛している女、しかし現実では一度も会ったことのない女だ。というのもこの船の通路は、実在する人間とであれ夢の中の人間とであれ、誰とも真に人間的あるいは現実的な関係を結ぶことができないように設計されていたからである。「もっと急いで！」とグロリア・タッコは叫んだ。「もう日が暮れるわよ！　もうこんな時間なのよ！」私は中甲板の薄闇の中でもがいている熊たち、恐怖と苦痛の中で転げまわっている熊たちを想像した。その白い毛並みには染みがあった。熊たちは掌で壁をがんがん叩いていた。船内には誰もいなかった。船員たちは別の場所に行ってしまったか、死んでしまったのである。ソフィー・ジロンドが熊たちのあいだを行ったり来たりする音が聞こえた。「あんた、急ぎなよ」とグロリア・タッコは言った。「反対側に移動して！」彼女は燃えさかる炎の中でよろめきながら、私に進むべき方向を示した。頭上の月は丸かった。通り抜けられる通路はなかった。私はジグザグに移動しながら八八六号室のドアに、その外側にたどりついた。私は涙でぐしゃぐしゃになった顔を円窓に押しつけた。ガラスは厚かった。ソフィー・ジロンドの姿が見えたが、すぐさま視界から外れてしまった。彼女は熊の後産でてらてら光っていた。白熊たちはその巨体を仰向けにして寝そべり、自分の子供をなめたりうなり声を上げたりしていた。その様子は楽しげに見えることもあれば不機嫌に見えることもあった。私はドアを拳で叩いた。しかし、その行為からはいかなる音も生じなかった。熊たちが立てる物音とソフィー・ジロンドの声が聞こえていた。彼女が何を言っていたかはわからない。誰と話していたかもわからない。子宮の中を目指すのであれ、船外に出るのであれ、ドアを開けて向こう側に行くにはもう手遅れだった。「ああ、もう」とグロリア・タッコはため息をついた。私は彼女に追いつくため、彼女の方に身を向けた。しかしそこに彼女の姿はなかった。私は彼女を呼んだ。彼女は答えなかった。ここでは空は暗く、星も見えなかった。光を発するものはもはや何もなかった。私がなおも覗きこむことができる唯一の窓は、後産で流れ出た無駄なものによって汚れていた。炎でさえ、もはやわずかな光も発していなかった。

48 アリア・アラオカーヌ

　フレッド・ゼンフルの本を読んでください。結末を欠いた本も最後まで書き終えられた本――いつも最後のページが痛々しいほど血と煤で汚れていますが――も、両方読んでください。彼がときには二部、あるいは三部も印刷して愛好家たちに配った小説を読んでください。何冊かはまだあちこちの墓場に残っていることでしょう。本を覆っている灰を払い落とし、こびりついている生石灰を剝がせば、そして自分が泣き出してしまうことを気にしなければ、それらの本は簡単に手に入ります。他にも、いまだに彼あるいはあなたの夢の陰に隠れて暗い水の中をただよっている小説もあります。たとえもう字が読めなくなっていても、彼の小説を読んでください。彼の小説を好きになってください。彼の小説はしばしばおぞましい光景を描き出しています。そこでは生きながらにしておぞましい体験をした者たちが、それでも息をすることを強いられたのです。しかし、そこにはまた官能的な喜びに満ちた美しい場面もあります。彼の小説は、ときには恋人たちの真摯な愛情と記憶を語ることを受け入れる小説なのです。それは何一つ残っていないときに残っているものの上に構築された書物なのです。しかし、それらの本がすばらしいものになるかどうかは、ひとえにあなた次第です。フレッド・ゼンフルの本の大半は、すべての事物とすべての人間の絶滅について繰り返し語っています。彼は収容所にいるあいだもその後も、そのことで不安にさいなまれていました。それらの本を読んでください。それらの本を探してください。フレッド・ゼンフルはいくつもの収容所を渡り歩きました。彼はあまりに有刺鉄線に親しんだので、有刺鉄線を表すさまざまなスラングを集めた辞書までつくってしまいました。彼は収容所という場所をとても愛していたので、不幸と極限状態の幻覚について語り続けながらも、あらゆる人々のための収容所が到来することを願っていました。たとえば彼の最悪の本の一つである『最後の七歌曲』を読んでください。あるいは『十月二十一日』を読んでください。これは他に抜きん出て、異論の余地なく一番ひどい作品です。しかしながら、私はこの作品を特に評価しているのです。というのも、そこには私たちが共に旅をし共に災厄を体験した仲間だったことが記してあるからです。私たちは大抵はお互い遠く離れていたにもかかわらず、共に激しく涙を流しました。私は「私」という言葉で、ここではアリア・アラオカーヌのことを指しています。私たちが知り合いだったのはたった一夜のことでした。私の好きなフレッド・ゼンフルの小説も読んでください。それは機関車が彼の身体をばらばらにして引きずっているあいだに書かれた小説です。その小説はとても愉快で、内容も変化に富んでいるので、誰もが気に入ることでしょう。その小説を読んでください。少なくともそれだけは読んでください。そしてそれを好きになってください。

49 ヴェレーナ・ヨン

　エンゾ・マルディロシアンの家に着いたとき、彼の姿はどこにもなかった。私は近くに腰を下ろし、仕事への報酬として彼に渡そうと思っていた食料を口にした。次第に寒くなってきた。日が傾いてくると、ときおり灰色のふわふわした塊が地面から舞い上がり、人間の顔ほどの高さを静かにただよい、次いで消え失せた。涙の修理屋が住んでいる小さな家は、何百年も前から火事で焼けた廃屋のようだった。とはいえ長いこと枯葉剤とガスがばらまかれていたせいで、草はあまり生えていなかった。木苺は発育が悪く、棘の合間から覗く黒ずんだ実は硝石のような味がした。それがこの秋最後の果実だったと述べて、あとは何も語らないでおこう。それから私は井戸に近づいた。その中に降りて叫んでみた。誰かがしばらく住んでいたのだろう犬小屋の中には、焦げたあるいは腐った布きれしかなかった。私はその場を立ち去った。十月二十二日だった。外では風景が泥のような夜への変化を終えつつあった。私にはわかっていた。修理屋がここにいれば、私に向かってこう言っていただろう。「君の中では、涙だけではなく、あらゆるものが狂っているね。君は泣き方に頓着せず、でたらめに泣いているね。間の悪いときに、理由もなしに泣くこともよくあるね。かと思えば、理由もなしに平然としている」治すには手遅れだ。だから私は、修理屋なしでやっていこうと決意した。周囲はすでにほとんど何も見えなくなっていた。ほのかな光に導かれ、私は灰の小山によじのぼった。一人の女がランタンの横に寝そべっていた。私たちは知り合いになり、この世界の頂上でしばらく暮らした。私たちは三人の子供をもうけた。全員女の子だった。そのうち一人は、母親の名前を取ってヴェレーナ・ヨンと名づけられた。彼女は美しかった。彼女は最後の女だった、と述べておこう。数年経つと、闇がさらに深くなった。一ヶ所にとどまっていることも、迷わずに移動することも困難になった。そして突然、私の呼びかけに答える者はもう誰もいなくなった。ランタンが闇の中につくり出す光の輪から離れることを恐れ、私は火のそばで細々と暮らすようになった。ある夜、私の服が燃えた。がたがた震えながら、そしてめそめそ泣きながら、私はしばらく灰のそばにとどまっていた。さらに四、五年が過ぎた、と述べておこう。私はうめき声を上げ、風と会話しているふりをすることがあったが、私に話しかける者はもう誰もいなかった。今度は私が最後の男だった、と述べておこう。このように述べて、あとは何も語らないでおこう。

訳者あとがき

本書は Antoine Volodine, *Des anges mineurs*, Seuil, 1999 の全訳である。

作者のアントワーヌ・ヴォロディーヌは一九五〇年、フランスのブルゴーニュ地方、シャロン゠シュール゠ソーヌに生まれた。「アントワーヌ・ヴォロディーヌ」はペンネームであり、本名は明らかにされていない。十五年間ロシア語教師として働いた後、八五年に『ジョリアン・ミュルグラーヴ比較伝』により作家としてデビュー。初期の四作品はドゥノエル社のSF叢書〈未来の現前〉から刊行されており、三作目に当たる八六年の『軽蔑のしきたり』は八七年のフランスSF大賞を受賞している。また、当時フランスの新進SF作家たちによって結成され、SFというジャンルの拡張を目指した〈リミット〉というグループに参加していた。こうしてSF作家として出発したかに見えるヴォロディーヌだが、彼は自分の作品がSFというジャンルに括られることを一貫して拒んでおり、この頃からすでに狭義のＳＦには収まらない独自の作風がはっきり見て取れる。九〇年代に入るとドゥノエル社を離れ、ミニュイ社から四冊、ガリマール社から三冊の作品を出した後、九九年から現在まではスイユ社から本作を含む七冊の作品を発表している（ただし、後述のようにヴォロディーヌは複数のペンネームを用いて作品を発表しており、上で触れたのはヴォロディーヌ名義の作品のみである）。これまで日本語訳された作品には、九一年の『アルト・ソロ』（塚本昌則訳、白水社、一九九五年）がある。

九九年に本作『無力な天使たち』が出版されると、すぐさま大きな話題になった。本作はリーヴル・アンテール賞およびウェプレール賞という二つの文学賞を受賞しており、フランスにおけるこの作家の評価を決定づけると同時に、おそらく彼が書いたものの中でももっとも広く読まれた作品である。

本作は、滅びつつある世界とそこで生きる人々の物語である、とさしあたり言うことができる。砂礫に覆われ廃墟と化した都市、ロシアの酷寒の地に建てられた不思議な養老院、中央アジアのステップ地帯に居住する遊牧民のコミュニティ、あるいは奇妙な夢の世界と、次々に舞台を転換し、また短い四十九の断章を通じてさまざまな視点からの語りを積み重ねながら、次第に一つの世界の輪郭が明らかになってゆく。各章にはタイトルとして一人の人物名が冠されている。それは語り手であったりなかったり、人間であったりなかったりするのだが、彼らはそれぞれの物語を横切ってゆく「天使」とされる。ときには気配だけを、ときには大きな爪痕を残して通り過ぎてゆく天使たちの痕跡を集め、一つの奇妙な世界を浮かび上がらせた書物、それがこの『無力な天使たち』である。

作中には実在の地名がちりばめられ、また共産主義の興隆と衰退、収容所、資本主義の暴威、原発や環境汚染といった現実の歴史を思わせるファクターが随所に登場する。したがって、この作品を我々の世界のありうべき未来の物語、すなわち一種のＳＦとして読むこともできるかもしれない。しかし、ここには通常のＳＦ作品のような舞台の背景説明は一切ない。物語が展開される時代も、いくつかのヒントは与えられるが判然とせず、しばしば描かれる不思議な現象の合理的な説明もなされない。ヴォロディーヌ作品ではいつもそうなのだが、我々の現実の歴史がそれとなくほのめかされながら、それが直接的に名指されることは決してない。いわばこの世界の歴史は断片化され、他の要素と組み合わされた上で、あくまで一部品として作中に嵌め込まれているのである。

ところで、この作品には、他のヴォロディーヌ作品を参照することではじめて理解できる要素が多少含まれている。あらかじめ強調しておきたいのだが、そうした知識は、本書を読むために必須のものではない。本書は何の予備知識もなしに読み、その魅力を味わうことができる書物である。しかし同時に、本書がその背後にある作者のいささか複雑な戦略を知ることによってさらに面白味が増す書物でもあることも、また確かなのである。したがって、以下でそれについて多少の言葉を費やしてみたい。

本書の冒頭に置かれた一種の序文は次のようにはじまっている。「全面的にポスト＝エグゾティシズム的なテクストを、私は物語《ナラ》と名づける。私が物語《ナラ》と呼ぶのは、ある状況や感情、記憶と現実ないしは空想と回想のあいだの葛藤を定着させるロマネスクなスナップショットのことである」。これはもちろん本書『無力な天使たち』のことを語っている一節であるが、ここで用いられている「ポスト＝エグゾティシズム post-exotisme」および「物語《ナラ》 narrat」は作者による造語である。これらの言葉は何を意味しているのだろうか？

まず、「ポスト＝エグゾティシズム」について。ヴォロディーヌによれば、この言葉は彼が九〇年に初めて用いたもので、そもそもはあるジャーナリストによる「あなたは自分をどこに位置づけますか？」という質問に対する一種のはぐらかしとして、大した考えもなしに口にされたという。したがって、この語はもともと、SFに限らず既存のジャンルに括られることを極端に嫌うヴォロディーヌの自己韜晦として用いられたものであり、彼自身がこの語は「空虚だった」「何も意味していなかった」と述べている。しかし彼はそれ以降、驚くべきことに、このいわばでっちあげられた用語をみずからの作品の原理として採用し、何冊もの書物を通じてそこに豊かな内実を与えてゆくことになる。

「エグゾティシズム」、すなわち異境的なものへの関心は、歴史的には西欧からその外部へと向かう視線として見出されたのであり、そこでは彼我を分かつ境界線が自明なものとして前提されていた。ポスト＝エグゾティシズムはそのような態度の乗り越えとして構想されたと言うことができる。それはこちら側と向こう側という世界の切り分けが不可能になり、異質なもの同士がモザイク上に入り組んだ世界、いわばあらゆる場所が異境となった世界における態度なのである。ヴォロディーヌは、ポスト＝エグゾティシズムを「他所から出発し他所へと向かう文学、さまざまな傾向と潮流を受け入れる異国の《エトランジェール》＝異質な文学」だと述べている。こちら側から向こう側を眺めるエグゾティシズム的な視線の一方向性は、「他所から出発し他所へと向かう」、偏在しつつ遍在するポスト＝エグゾティシズム的な視線に取って代わられる。それは作品世界を支える原理であると同時に、人々が世界と向き合うための一つの態度でもあるだろう。

とはいえ、ポスト＝エグゾティシズムはなんらかの統一性を持った理念ではない。ヴォロディーヌは、むしろそれを具体的な作品群を通じて析出されてくる独特な世界観として提示しようとしている。彼の作品を特徴づけている無国籍性、ポスト＝アポカリプス的風景、人間から逸脱した存在、システムから脱落した存在、つまりあらゆる意味で周縁的なものへの関心は、このポスト＝エグゾティシズム的な態度の表れである。

しかし、それだけではない。ヴォロディーヌの戦略はより複雑である。彼はこのポスト＝エグゾティシズムを自身の文学の原理として採用するばかりか、九八年刊行の『十のレッスンによるポスト＝エグゾティシズム、およびレッスン十一』において、その架空の歴史を描き出してみせた。それによれば、ポスト＝エグゾティシズムとは、一九七〇年代に監獄に収容された政治犯たちのコミュニティから生まれた文学上の一傾向なのである。ヴォロディーヌは、ポスト＝エグゾティシズムが、監獄という外の世界とは切り離された閉鎖的な環境で生まれたこと、そしてそれが「主義《イズム》」という接尾辞を持つにもかかわらず、何らかのマニフェストに集約されるような主義主張によって導かれてはいないことを強調する。彼がポスト＝エグゾティシズムをＳＦなど既存のジャンルから区別すると同時に、「前衛」──芸術的な意味であると同時に政治的な意味における──からもはっきりと差異化する理由がここにある。

その一方で、彼はポスト＝エグゾティシズムの読者のことを「シンパ」と呼び、そこに一つの政治的共同性を見出してもいる。ここには、六〇年代から七〇年代にかけてフランスを含め世界中を席巻した、党による指導を拒絶し自律的な状況の構築を目指した政治運動の残響を聞き取ることができる（たとえば彼は、ある講演でバーダー＝マインホフ・グループを引き合いに出している）。しかし、すでに述べたように、彼の作品の中で具体的な歴史上の出来事が参照されることは決してなく、いわばその遠い谺だけが響きわたっている。

ヴォロディーヌは、この架空の対象を扱った文学論において、誕生から二〇〇〇年代に至るポスト＝エグゾティシズムの歴史をたどりつつ、多くの作家と作品に言及している。そして彼は以来、「アントワーヌ・ヴォロディーヌ」以外に、この書物に登場した架空の作家名を用いて作品を発表している（これまで「エリ・クロナウア」「マニュエラ・ドレゲール」「リュッツ・バスマン」という三つのペンネームが用いられた）。ヴォロディーヌのこうした戦略は徹底しており、彼は講演やラジオ番組で話すときでさえ、このポスト＝エグゾティシズム作家たちの「代弁者」という立場を崩さない。彼は自身の異名であるはずの作家たちを、あたかも実在する作家であるかのように三人称で語っている。こうして、当初はでっちあげに近い用語だったポスト＝エグゾティシズムは、驚くべき力業によって固有の歴史を持った文学カテゴリーへと発展させられ、実際にその作品が何冊も発表されることになったのである。

次に「物語《ナラ》」について。「物語《ナラ》」とは、簡単に言えば、ポスト＝エグゾティシズム文学の一ジャンルである。『十のレッスンによるポスト＝エグゾティシズム、およびレッスン十一』によれば、ポスト＝エグゾティシズムは作品の形式に強く拘泥し、厳密な規則を備えたいくつかのジャンルを生み出した。ヴォロディーヌがポスト＝エグゾティシズムを前衛から区別するもう一つの理由がここにある。つまりその作品は、近代以前の文学に通じる厳密な様式性を備えているのである。彼はシャガ、ロマンス、アントルヴート、夢幻譚《フェリー》、叙唱《レシタ》、訓話《ルソン》、つぶやき《ミュルミュラ》、そして物語《ナラ》といった、ポスト＝エグゾティシズム文学のさまざまなジャンルを捏造してみせた（これらのほとんどはヴォロディーヌの造語である）。

では「物語《ナラ》」とはどんなジャンルなのだろうか？　先に引いた本書の序文において「物語《ナラ》」は「ロマネスクなスナップショット」と言われていた。「スナップショット」であるからには、それは短さを特徴としている。実際、本書は四十九の短い断章によって構成されており、それによって世界が断片的に切り取られてゆく。しかし、それだけではない。これらの断章は、ランダムにではなく、ある規則に従って配置されている。すなわち本書は、ちょうど中心の位置を占める例外的に長い二十五章を中心に、その前後の部分が照応し合う合わせ鏡のような構成になっているのである。つまり一章と四十九章、二章と四十八章、三章と四十七章……がそれぞれ対応する物語になっている。このことは、本作が音楽作品のように美的な配慮によって構成《コンポーズ》されていることを意味する。

さらに、本書を読み進めると、この物語《ナラ》という形式が作中に登場するある人物の語り《ナラシオン》と不可分であること、つまり本書の内容が実はある作中人物によって語られたものだったという入れ子構造が明らかになる。

本書で語られる物語は、いくつかの系列——別世界からやってきた調査員クリリ・ゴンポの物語、不可解かつ滑稽な目的のために命がけで前進する探索隊の物語、夢の中だけに現れる運命の女ソフィー・ジロンドをめぐる物語など——に分けられるが、その中でも中心的な役割を果たしているのが、養老院〈まだらの麦〉で共同生活を営む不死の老婆たちと、彼女たちがシャーマニズムの秘法によって生み出したヴィル・シャイドマンの物語である。シャイドマンは世界に革命を起こし、平等主義の社会を実現するために生み出されたのだが、この老婆たちの思惑に反して、彼は資本主義を復活させてしまう。その罪を裁くため、老婆たちは高原の上に法廷を設置し、シャイドマンは銃殺刑の判決を下される。しかし、処刑はなぜか失敗に終わり、シャイドマンは恩赦を与えられる代わりに、老婆たちに毎日一つの「物語《ナラ》」を語り聞かせるようになる。そして、このシャイドマンが語る物語《ナラ》を集めたものこそが、この『無力な天使たち』という書物にほかならないことが明らかとなる。人間ならざる怪物として生まれ、時間が経つにつれ「物語《ナラ》を吐き出すアコーディオンのようなもの」に変じてゆくシャイドマンは、しかし老婆たちの失われゆく記憶をとどめ、人間としての尊厳を保っておくための唯一の手段となる。

また本作において、「物語《ナラ》」にはほとんどつねに「奇妙な」という形容詞が伴っており、この「奇妙な物語《ナラ》」という言葉は「物語《ナラ》」のサブジャンルのように用いられている（『十のレッスンによるポスト＝エグゾティシズム、およびレッスン十一』で挙げられていた架空の作品のいくつかには、「叙情的な物語《ナラ》」や「詩的な物語《ナラ》」というジャンル名が付されていた)。ともあれ、「奇妙な」とは、本作にこれ以上なくふさわしい形容詞ではないだろうか? 二十二章において、シャイドマンは、ナヤジャ・アガトゥラーヌの「なぜ物語《ナラ》は奇妙なんだい?」という問いに対し、実際には発せられなかった次のような答えを用意していた。「奇妙さというのは、美に希望が欠けているとき、その美が選び取る形式なんだ」。希望なき時代において、美は奇妙なものとして現れざるをえない。これはヴォロディーヌ自身の時代認識でもあるだろう。この時代において、失われゆく記憶を言葉に置き換える試み、すなわち作家の仕事とは、単なる美化ではなく異化を経由しなければならない。しかしそれでも、あるいはだからこそ、そこには美しさが、奇妙な美しさが残る。読者は本作に、そのような奇妙な美しさがきらめく瞬間をいくつも発見することだろう。

最後にもう一つ、『無力な天使たち』という書名について。この書名はすでに、『十のレッスンによるポスト゠エグゾティシズム、およびレッスン十一』に登場していた。それによれば、『無力な天使たち』とは、ポスト゠エグゾティシズム第一世代の作家であるマリア・クレメンティが一九七七年に書き上げた作品であり、ポスト゠エグゾティシズムの記念すべき最初の作品なのである。しかしこれは、物語《ナラ》ではなく「ロマンス romånce」というジャンルに分類されており、本書とは別の作品である。それがなぜシャイドマンが語る物語《ナラ》、すなわち本書のタイトルにもなったのかについては、本書の四十三章において語られている。この章の「天使」は上述の作家マリア・クレメンティその人であり、彼女は次のように述べる。「私はかつて、別の世界の別の状況下で、あるロマンスのためにこの題を用いたことがある。しかしこの題は、シャイドマンが完成させつつあるこの集成、この最新の寄せ集めに似つかわしいものだと思えたのだ。［……］さらに困ったことに、この題名の後に続くものが何なのか、私にはよくわからなかった。それは奇妙なロマンスなのだろうか、あるいは単に四十九個の奇妙な物語《ナラ》の寄せ集めなのだろうか」。したがって、『無力な天使たち』という書物の背後に、同じタイトルの別の書物、ただし架空の書物が透けて見えるという仕掛けになっている。

こうして本作は、第一に、前半と後半が合わせ鏡のように照応しており、第二に、語りの枠組みと語られる内容が入れ子構造になっており、第三に、同じタイトルを持つ別の書物が二重写しになっている。こうした意味で、本書は非常に凝った仕掛けが施された作品である。しかし、ヴォロディーヌは次のように述べている。「『無力な天使たち』はアクロバティックな文学遊技とは何の関係もありません。私にとって、そして読者にとってもそうであることを望みますが、それは訪れる人々を豊かにする、つまり彼らのイメージや感情や思考や夢を豊かにする、一つの芸術的オブジェなのです」。したがって、繰り返せば、上述のいささか複雑な仕掛けについての知識は、本書を読むために、有用ではあれ必須のものではない。本書は、まずは美術作品を眺めるように、その美しさ――奇妙な美しさ――を味わいながら読まれてしかるべき書物である。訳者としては、翻訳がその美しさを過度に損ねていないことを願うばかりである。

本書の翻訳は、まず門間が奇数章、山本が偶数章を訳出した後、門間が全体に手を入れて訳文を調整した。よって訳文の最終的な責任は門間にある。そして最後になったが、本書の翻訳の機会を与えてくださり、完成まで熱心に編集作業を担当された国書刊行会の赤澤剛氏に、心より感謝する。

訳者を代表して
門間広明

訳者略歴
門間広明（Monma Hiroaki）
1976年宮城県生まれ。早稲田大学大学院文学研究科フランス文学専攻博士課程満期退学。現在早稲田大学非常勤講師。

山本純（Yamamoto Jun）
1983年奈良県生まれ。早稲田大学大学院文学研究科フランス文学専攻修士課程修了。現在電機メーカー勤務。

無力《むりよく》な天使《てんし》たち

2012年７月20日　初版第１刷印刷
2012年７月25日　初版第１刷発行

著者　アントワーヌ・ヴォロディーヌ
訳者　門間広明・山本純

発行者　佐藤今朝夫
発行所　国書刊行会

〒174-0056 東京都板橋区志村1-13-15
TEL. 03-5970-7421 FAX. 03-5970-7427
http://www.kokusho.co.jp

装幀　ヤマザキミヨコ（ソルト）
印刷・製本　中央精版印刷株式会社

ISBN978-4-336-05364-0
乱丁本・落丁本はお取り替えいたします。

過程

ハリー・ムリシュ／長山さき訳

2625円

聖書の創世記、中世のユダヤ人ラビがつくるゴーレム、現代社会で無機物から生命体の創造に成功した科学者の数奇な運命……。背後にカフカの存在がほのめかされ、読者をもうひとつの物語へといざなう。

ミステリウム

エリック・マコーマック／増田まもる訳

2520円

小さな炭坑町で、人々は正体不明の奇病におかされれ次々に謎の死をとげていた。「私」は行政官の名により、その真実を見つけようとするが……。謎が謎を呼ぶ無気味な奇想現代文学ミステリ。

ワールズ・エンド

マーク・チャドボーン／木村京子訳

3570円

現代イギリスに古代ケルトの神々が戻ってきた。扉が開き、異界との境界線を越えて伝説の魔物たちも現れる。世界を人類の手に取り戻すため、五人の「竜の仲間」が選ばれた。彼らの行く末は……。

※税込価格、改訂する場合もあります。